문래동
로망스

문래동 로망스

제1판 1쇄 2025년 7월 3일

지은이 김진성
펴낸이 이경재
책임편집 비비안 정

펴낸곳 도서출판 델피노
등록 2016년 8월 11일 제2020-000082호
주소 서울시 양천구 신정중앙로 86, 덕산빌딩 5층
전화 070-8095-2425
팩스 0505-947-5494
이메일 delpinobooks@naver.com
ISBN 979-11-992156-3-4 (03810)

책값은 뒤표지에 있습니다.
파본은 구입하신 서점에서 교환해드립니다.

김진성 장편소설

문래동
로망스

델피노

목차

프롤로그. 내 이름은 김철 • 7

1장. 첫 만남은 언제나 악연 • 16

2장. 사랑의 밑밥은 언제나 감금 • 53

3장. 우연이 두 번이면 그것은 언제나 인연 • 90

4장. 내 이름은 은아연 • 119

5장. 오해의 끝은 언제나 재회 • 155

6장. 사랑이 시작되면 언제나 고개 드는 불변의 법칙 • 188

7장. 그들이 언제나 시련을 극복하지 않는 이유 • 217

8장. 가슴 아린 명작 로맨스의 엔딩은 언제나… • 248

프롤로그

내 이름은 김철

✤ 철 ✤

내 이름은 김철. 나는 잘생겼다. 180cm 정도 되는 키에 약간 마른 타입이면서 얼굴도 하얗고 눈도 큰 편이다. 그래서 지금처럼 사람이 붐비는 주말의 대전역 근처를 걸으면, 예쁘게 차려입은 여자들과 종종 눈이 마주치기도 한다. 이놈의 인기란.

하지만 나는 아직 여자 친구가 없다. 아니, 없었다고 표현하는 게 맞겠다. 이유는 간단하다. 내가 남중, 남고 출신이고 지금은 이제 막 스무 살이 되어 공대에 입학한 상태이기 때문이다. 물론 학업을 위해 내가 자제한 것도 있고.

그러나 나에게도 첫사랑은 있었다. 그녀의 이름은 목현희. 그림으로 미술대학에 들어가고자 했던 친구였다. 고등학교 2학년 때 영어학원에서 만난 그녀는 웃을 때 깊게 패는 팔자주름이 참 매력적인 동갑 친구였다. 당시에 우리는 조금씩 친해졌고 그 친구도 나한테 호감이 있어 보여서 고백을 준비했는데 갑자기 사라졌다. 가슴 아픈 내 첫사랑이여….

그래도 나는 이 경험을 통해 두 가지를 얻었다. 하나는 내 이상형이 무엇인지 제대로 알게 된 것이었다. 목현희를 만난 뒤로, 나는 여성들을 만날 때 어떻게 웃는지부터 관찰한다. 웃을 때 깊게 패는 팔자주름이 매력적이면 그때부터 나는 마음이 설렌다. 하지만 그게 아니라면 패스.

나머지 하나는 어떤 '교훈'이다. 그리고 나는 이 '교훈'을 오늘 거행할 나의 인생 첫 소개팅에서 사용해 보려 한다.

오늘 내 첫 소개팅의 컨셉은 깔끔이다. 그래서 장소도 깔끔하다고 소문난 피자집으로 잡았다. 여자들은 깔끔한 걸 좋아하니까. 이걸로 높은 첫인상 점수 예약.

역시나 도착해보니, 온통 빨간색으로 내부를 꾸며놓은 이 피자집은 깔끔했다. 나는 여기에서마저도 여자 손님들과 눈을 마주치며 빈자리에 앉았다.

그리고 잠시 후, 아름다운 여성 한 명이 피자집 입구의 문을 열고 주변을 둘러봤다. 나는 그녀가 오늘 나의 짝이라는 것을 직감하곤 그대로 일어나 손을 흔들었다.

오늘도 나의 잘생김이 그녀의 마음을 흔들어서였을까, 그녀는 나와 눈을 마주치자마자 두 눈을 크게 뜨고 입을 틀어막았다.

"훗."

그 모습을 본 나는 그녀의 그 귀여운 모습에 절로 웃음이 삐져나왔다.

잠시 후, 그녀는 나에게 다가와 인사를 건넸다.

"김철?"

"응. 내가 그 김철이야. 만나서 반가워. 앉아."

"그래."

그렇게 우리는 자리에 앉아 메뉴를 살폈다.

"뭐 먹을래?"

"그냥 아무거나."

그녀는 수줍어했다. 나는 남자답게 박력 있는 모습으로 메뉴를 정해서 점원을 불렀다.

"이걸로 주세요. 음료는 사이다 하나 콜라 하나 주시고요."

"네. 작은 거 맞으시죠?"

"네?"

"이 피자, 작은 거 있고 큰 거 있는데…."

순간, 나는 갑자기 기분이 상했다. 점원이 나를 무시하는 것만 같았다. 내가 왜 당연히 작은 걸 시킬 거라고 생각한 거지?

"아니요. 큰 걸로 주세요."

"네?"

"큰 걸로 주세요."

"아…. 네."

그래도 다행히 내가 감정을 잘 숨기며 젠틀한 모습으로 점원을 대하자, 나를 보는 소개팅녀는 또다시 두 눈을 크게 떴다. 이렇게 또 플러스 1점.

피자가 나오기 전, 우리는 이런저런 이야기를 나눴다. 둘 다 이제 막 입학한 상태라 대부분은 대학 생활에 대한 얘기였다. 남자들이 대부분인 나의 공대 이야기와 여자들이 대부분인 그녀의 간호학과 이야기는 물 흐르듯 그녀의 미소로 이어졌다. 이렇게 또 플러스 1점.

다만, 그녀가 조금 더 활짝 웃어서 팔자주름이 생기는지를 볼 수 있다면 참 좋겠는데 아직은 그러지 못해 그게 조금 아쉬웠다.

"주문하신 피자 나왔습니다."

잠시 후, 피자가 나왔다. 여기에서 나는 솔직히 조금 당황했다. 점원이 말한 큰 피자는 성인 남성 4명이 먹을 정도의 거대한 사이즈였다. 하지만 나는 내색하지 않았다. 이건 내가 알고 시킨 것이다. 그래야만 했다.

"감사합니다."

그런데 이때.

"하하하하하!"

그녀가 웃었다. 이번엔 박장대소였다. 그래서 나는 확인했다. 그녀는 웃을 때 목현희만큼이나 매력적인 팔자주름을 보이는 사람이었다.

- 두근!

이때, 나의 심장은 갑자기 존재감을 드러냈고 철렁 내려앉다. 동시에 얼굴도 빨갛게 달아올랐다. 그랬다. 지금 내 앞에 앉은 그녀는 나의 이상형이었다.

"이거 다 먹을 수 있겠어? 하하하."

"머…. 먹어야지."

나는 갑자기 말을 더듬었다. 정신을 차려야 했다.

"다 먹을 수 있어. 걱정 마. 못 먹으면 싸가면 되지."

"그래. 맛있게 먹어."

계속 이어진 우리의 분위기는 참 좋았다. 그래서 그녀는 이제 소박한 미소 대신 커다란 함박웃음을 더 자주 보여줬다. 그럴 때마다 드러나는 그녀의 매력적인 팔자주름은 내 심장을 더욱 자극해 이제는 아리기까지 할 지경이었다.

그렇게 이 거대한 피자가 반 정도 남았을 무렵, 분위기는 절정에 닿았다. 나는 이 순간을 놓칠 수 없었다. 이때야말로 내가 목현희에게 배운 두 가지 중 나머지 하나, 그 '교훈'을 사용할 때였다.

당시 나는 목현희를 참 좋아했다. 그리고 목현희 역시 나를 좋아했다. 그런데 알 수 없는 힘이 작용해서 우리 사이를 갈라놓았다. 하지만 만약 그때, 우리 사이가 더 발전돼서 그 알 수 없는 힘조차 작용할 수 없었다면? 그랬다면 지금쯤 나는 이 소개팅 대신 목현희와의 만남을 이어가고 있을 것이 분명했다.

그랬다. 당시 내가 깨달은 나머지 하나는 이것이었다. 쇠뿔은 단김에 빼야 한다는 것. 지나고 나서 후회해 봐야 아무런 소용이 없다는 것. 그래서 나는 곧장 쇠뿔을 빼기로 했다.

"사랑해."

"크훗!"

그녀는 마시던 콜라를 콧구멍으로 뿜어냈다. 그러나 이건 아주 좋은 신호였다. 아주 먼 옛날, 엄마가 크리스마스 선물로 내 앞에서 변신 로봇 장난감을 갑자기 꺼냈을 때, 나 역시 먹고 있던 콜라를 콧구멍으로 뿜어낸 적이 있었기 때문이다. 지금 그녀도 같은 상황인 게 분명했다.

"나랑 사귀자."

그녀는 입가에 미소를 머금은 채 주변에 흩뿌려진 콜라를 닦았다.

"너는 내 완벽한 이상형이야."

잠시 후, 이번엔 그녀의 얼굴까지 빨갛게 달아올랐다. 더 좋은 신호였다. 그녀 역시 내 고백에 심장이 뛴다는 얘기일 테니까.

"야, 김철. 우리 처음 만났잖아. 그런데 갑자기….'

"시간은 중요하지 않아. 사랑이 중요한 거지. 나는 너를 사랑해. 너도 나를 사랑하잖아. 그렇지?"

"뭐?"

"숨길 필요 없어. 나도 알고 있어. 우리가 이대로 간만 보면서 시간을 더 끈다면 갑자기 알 수 없는 힘이 나타나서 우리의 사랑을 갈라놓을지도 몰라."

"무슨 얘기 하는 거야?"

"우리 하자."

"또 뭘 해?"

그녀의 두 눈은 이제 동그랗게 변했다. 정말 귀여워 미칠 지경이었다.

"오늘부터 1일."

"푸핫!"

그녀는 정말로 좋아했다. 역시 나는 정말 잘생긴 게 분명했다. 이젠 그 누구도 이 사실을 부정할 수 없다.

"싫어."

"어?"

그런데 이상했다. 갑자기 그녀가 일어났다.

"화장실 가려고?"

"아니, 집에."

"왜?"

"여기 있기 싫으니까."

이때, 내 머릿속을 뚫고 지나가는 한 줄기 명언이 있었다. 여자들은 누군가를 좋아하면 튕기는 것부터 시작한다는 말. 지금 내 앞에 서 있는 그녀도 분명 그런 것일 테지. 그런데 문제가 하나 있었다. 나는 이 명언을 알고는 있었지만, 거기에 대한 대비는 미처 못 했다는 것이었다. 그래서 나는 무작정 밀어붙였다.

"내가 잘해줄게. 나중에 우리 결혼하면…."

"미쳤구나."

"뭐?"

프롤로그. 내 이름은 김철

"결혼은 무슨 결혼이야."

"그야…. 사랑하니까…."

그녀는 고개를 내저었다. 이때 나는 느꼈다. 지금 이 상황이 내 뜻대로 돌아가는 게 아니라는 것을.

"피자는 내가 계산할 테니까, 너는 저거 다 먹고 나와."

그녀는 이 말과 함께 뒤돌아섰다.

"왜? 왜 그러는 거야?"

나는 그녀의 등 뒤에 대고 말했다. 약간의 떨림은 있었지만, 결단코 우는 건 아니었다. 정말이다. 다행히 그녀는 다시 뒤돌았다. 그리고 이렇게 말했다.

"나는 생선이랑은 결혼 안 할 거야. 특히 은갈치라면 더더욱."

그녀는 내 옷을 바라보며 마지막 말을 던지곤 홀연히 사라졌다. 나는 고개를 숙여 내 옷을 바라봤다. 오늘 나의 컨셉은 깔끔함이었다. 그래서 내가 가진 옷 중에 가장 깔끔한 옷을 입었다. 눈부시게 반짝이는 은색 정장. 엄마가 대학교 들어가면 하나 있어야 한다고 사준 그 정장. 그런데 이게 뭐가 문제라는 거지?

10분 뒤, 나는 남은 피자를 포장한 채 피자집을 나왔다. 누군가 애써 만든 피자를 반이나 남길 수는 없었다. 결코 아까워서는 아니었다.

그리곤 다시 대전역 근처를 걸었다. 이때도 잘 차려입은 여자들과 종종 눈이 마주쳤다. 그건 내가 잘생겼다는 증거였다. 그런데 왜 오늘 만난 그녀는 이런 나의 진가를 알아보지 못한 걸까.

나는 집까지 걸으며 생각하고 또 생각했다. 도대체 오늘의 실패 요인은 무엇인가. 그녀는 왜 잘생긴 내가 던진 사랑한다는 말에 등을 보였는가.

오랜 고심 끝에 나는 이런 결론을 내렸다. 오늘 나의 실패는 모름에서 온 것이라고. 나는 여자들이 튕길 때 대처하는 방법을 몰랐다. 그래서 생각했다. 공부해야겠다고.

이 결론에 도달한 뒤, 나는 버스에 올랐다. 버스에서도 여자들은 나와 눈이 마주쳤다. 이때 나는 확신했다. 내가 사랑의 공식을 공부하고 그것을 머릿속에 차곡차곡 집어넣는다면 분명 성공한 사랑을 할 수 있을 거라고. 그러자 한동안 씁쓸함을 머금고 있던 내 입속에 은은한 달콤함이 퍼지며 저절로 미소가 지어졌다.

이때 문득, 내 첫사랑 목현희가 생각났다. 미대에 가고자 했던 그녀. 오늘따라 그녀의 매력적인 팔자주름이 더 보고 싶었다.

잠깐만, 근데 오늘 걔는 왜 나한테 피자를 사준 걸까? 설마 어쩌면, 마음이 있다는….

1장

첫 만남은 언제나 악연

 대략 7년이 지났다. 7년간 나에게도 꽤 많은 일이 있었다. 큼직한 것들만 말해보자면, 군대를 다녀왔고 지긋지긋한 공대도 졸업했다. 그리고 다시 공대 대학원에 입학했으며 여전히 여자친구는 없었다. 아! 그리고 7년 전에 만난 그녀가 나한테 피자를 사준 이유는 더 이상 나와 엮이기 싫어서라는 것도 수많은 소개팅과 경험을 통해 깨달았다. 비록 조금 늦긴 했지만.

 아무튼, 누군가 이런 말을 할 수도 있겠다. 그렇게 사랑이 하고 싶다면 얼른 취업해서 이 불행의 굴레를 벗어나야지 왜 또 대학원에 들어간 거냐고. 그것도 남자들만 득실대는 공대 대학원으로.

 뼈아픈 말이다. 이건 순전히 내 능력 때문이다. 솔직히 나는 대학원에 '진학'한 게 아니다. '도망'온 거였다. 내 부족한 학업 성취도와 영어 실력, 그리고 자격증이라곤 운전면허밖에 없는 내 학부 스펙으로는 그 어디도 취업하기 힘들었다.

그래도 한 가지 긍정적인 건, 나는 수도대학교 대학원에 진학했다는 것이다. 서울에 있는 높은 수준의 대학교.

"이제 곧 3학기 시작인데 졸업논문 준비해야지."

교수님이 말씀하셨다. 월요일 아침. 나는 지금 우리 교수님 그러니까, 강무광 교수님 방에 있다. 여러 전공 서적과 작은 테이블이 있는 이 방은 들어오기만 하면 기운이 빠지는 신비한 곳이었다. 그래서인지 강 교수님도 항상 기력이 없으셨다.

"지금 하는 스테인리스 스틸(Stainless steel) 특성 연구로 졸업논문 쓸 거지?"

"네."

"그래. 근데 너는 어디 가고 싶다고 했지? 취업."

"가능하면 실험하던 거 맞춰서 가고 싶습니다."

"좋지. 요즘 일론 머스크 때문에 스테인리스 뜨고 있으니까. 그러면…. 디에스코?"

"네."

"디에스코 가려면 준비 많이 해야겠네. 일단 토요일 랩 미팅 때 실험 결과 보자. 지난번처럼 아무 결과 없다고 그냥 오지 말고."

"네."

이건 여기 온 지 얼마 안 돼서 생긴 일이었다. 철이 없던 때, 토요일마다 하는 랩 미팅에 실험이 잘 안 됐다는 이유로 아무런 보고서 없이 그냥 몸만 갔다가 교수님한테 쌍욕을 들은 적이 있었다. 그때부터 나와 교수님 사이엔 뭔가 이상한 어색함이 흐르기 시작했다. 그리고 그 이상한 어색함은 1년이 지난 지금도 사라지지 않았다.

"미안하다."

그런데 갑자기 교수님이 흔들리는 목소리로 나한테 사과하셨다. 그때 일이 생각나서 그러신 걸까? 나는 마음에 담아두지 않고 있었는데. 뭐지?

"너 혼자만 이렇게 돼서."

다른 이유였다. 교수님 입장에서는 충분히 미안해하실 만한.

"다른 방은 선배도 많고 후배도 많은데 우린 너 혼자잖아. 그러니 얼마나 외롭겠어. 어려울 때마다 물어볼 곳도 없고. 다 내 잘못이다."

우리 교수님은 몇 년째 국책 연구과제를 따오지 못하고 계셨다. 그러면 자연스럽게 연구실은 연구비가 없어서 사람을 뽑지 못하고 재료 하나 사는 것도 조심스러워진다. 지금은 그나마 적은 예산으로 하는 장기 과제가 있어서 나 혼자라도 존재할 수 있었다. 그런데 이 얘긴 갑자기 왜 꺼내신 걸까.

"아닙니다. 괜찮습니다. 옆 연구실 피영구 선배가 잘해줍니다."

"피 박사? 걔가 지금 출근하나? 출산 휴가 떠난 걸로 아는데."

"네. 요즘엔 직접 못 봐도 종종 통화하면서 잘 지내고 있습니다."

"그래, 잘됐네. 오늘은 여기까지 하자. 가 봐."

"네."

나는 교수님 방에서 나온 뒤, 그 위층에 있는 금속 재료 연구실로 들어갔다. 대략 20평 정도 되는 이 넓은 공간은 사실상 나 혼자만의 것이었다. 그 이유는 교수님이 말씀하신 것처럼 선배도 후배도 없어서다. 그런데 그때.

- 위이이잉.

월요일 아침부터 휴대전화가 울렸다. 뭐지?

[데이트 신청이 도착했어요.]

어!? 이건 내가 대학원 입학하자마자 깔았던 데이트 앱의 알람이었다. 처음 한 달간 열심히 하다가 매일 거절만 당해서 방치하고 있었던 앱. 일단 사진부터 확인해 보자.

예뻤다. 특히 눈이 그랬다. 다만 웃는 사진은 없어서 팔자주름이 매력적인지는 알 수 없었다. 그래도 이게 어디인가! 나는 딱 10분 기다리고 답장을 보냈다. 너무 빨리 보내면 조급해 보이니까. 이제 나도 그 정도는 아는 사람이다.

[안녕하세요, 김철입니다.]

좋아. 아주 젠틀했어. 이제 일 하면서 답장 기다려보자. 나는 휴대전화를 책상 위에 올려놓고 연구실 구석에 있는 용해로로 다가갔다.

용해로. 이 장비는 금속을 녹여 합금을 만드는 장비다. 2,000°C까지 올라가는 이 장비는 우리 연구실에 단 한 대밖에 없었기 때문에 조심스럽게 다뤄야 했다. 그런데.

"어?"

전원이 안 켜졌다.

"뭐지?"

나는 주변을 돌며 플러그가 빠졌는지, 혹시 연구실로 전기 자체가 안 들어오는 건지 확인했다. 그런데 아무 이상이 없었다. 그렇다면 장비 내부 문제일 텐데.

"뭐야, 이거."

나는 한숨을 내쉬었다. 그래도 다행인 건 오늘은 월요일이라는 거다. 업체에 전화해서 충분히 고칠 시간이 있었고 토요일에 있을 랩 미팅에 결과를 들고 갈 시간도 충분했다. 그래서 나는 곧장 업체 쪽에 전화를 걸었다.

『네, 착한전기로 고객상담센터입니다.』

"안녕하세요. 수도대학교 금속 재료 연구실인데요. 전기 용해로가 고장 나서요."

『네, 수리 기사님 보내드리겠습니다. 주소 알려주세요.』

"서울시…."

이렇게 업체 측과 약속을 잡았다. 업체 이름이 '착한전기로'인 줄은 처음 알았다. 부디 수리비도 착하길 바라본다. 안 그래도 연구비가 부족한 실정이다 보니.

- 위이이잉.

그런데 이때, 메시지가 도착했다.

[안녕하세요, 호수향입니다. 반갑습니다. (미소)]

그녀의 웃는 이모티콘을 보자, 나도 모르게 미소가 지어졌다. 이름도 예쁘시네. 이번에도 바로 답장하면 조금 없어 보일 수 있으니 딱 5분만 기다렸다가 다시 보내자.

[반갑습니다. 어디 사세요?]

아주 자연스럽다. 어쩌면 7년간의 실패는 이 순간을 위한 게 아니었을까? 나는 또다시 휴대전화를 책상 위에 올려놓고 이번 주 실험 계획을 정리했다.

그렇게 점심이 지나고 오후가 됐다. 호수향은 바빴는지 아직 연락이 없었다.

- 똑똑.

"네, 들어오세요."

"안녕하세요. 착한전기로 수리 기사입니다. 용해로 고장 났다고 하셔서 왔습니다."

"네, 이쪽으로 오시면 됩니다."

40대 중반으로 보이는 기사님은 회사 이름답게 정말 착해 보이셨다.

"전원이 안 들어와서요."

"네, 한 번 보겠습니다."

기사님은 가져온 장비들로 용해로를 해체하곤 얼마 안 가 결론을 내리셨다.

"메인보드가 고장 났네요."

"그러면….."

"지금 신청하시면 내일 제가 메인보드 가지고 다시 올 수 있을 거 같아요."

"다행이네요. 그럼 바로 신청하겠습니다. 그런데 혹시 비용은…."

"출장비, 부품 부가세 전부 다 포함해서 50만 원입니다."

다행이다. 내일 바로 고칠 수 있다는 것과 50만 원으로 해결할 수 있다는 것이. 이 정도면 연구비에 큰 타격이 갈 정도는 아니었다.

- 위이이잉.

인자한 기사님이 떠나시자마자, 내 책상 위에 있는 휴대전화가 진동했다. 나는 재빨리 메시지를 확인했다. 그리고 웃었다.

[저는 구로 쪽 살아요. 철이 오빠는요?]

오빠! 오빠라고 했다. 오빠라니! 이게 얼마 만에 들어보는 단어인가!

"헤헷."

나는 내 입에서 실없는 웃음소리가 새어 나오는 줄도 모르고 답장을 보냈다. 10분 룰을 지키는 걸 깜빡할 정도였다.

[저는 동대문 쪽이에요. 너무 멀지 않아서 다행이에요.]

내가 답장을 빠르게 해서일까? 그녀도 곧장 답장을 보냈다.

[그럼 우리 구로랑 동대문 중간에서 볼까요?
합정 어떠세요? 금요일 저녁에.]

이럴 수가! 벌써 만남 신청이라니! 어쩌면 우린 천생연분일지도 모른다. 물론, 아직 그녀의 미소를 확인해 보지 않아서 모르는 일이지만 말이다. 일단 이왕 이렇게 된 거 10분이고 뭐고 바로 보내보자.

[저는 너무 좋아요.]

아, 나도 이모티콘 쓸 걸 그랬나?

[네! 그러면 금요일 저녁 합정에서 봬요. 번호 알려주시겠어요?]

벌써 번호까지? 너무 좋지!

[네! 제 번호는 xxx- xxxx- xxxx 입니다!]

[네, 연락드릴게요. 좋은 하루 되세요.]

잉? 좋은 하루 되라는 건 끝내는 인사말 아닌가? 나는 조금 더 이어가고 싶은데.

[네(미소). 수향 님도 좋은 하루 되세요.]

어쩔 수 없지. 조금 찝찝하지만 그래도 오빠라고 말해줘서 고마웠다. 그거면 됐다. 어차피 우리는 금요일에 만나기로 한 거니까. 그런데 합정이 어디지? 나는 합정이 어딘지 찾아봤다. 서울에 온 지 1년이 지났지만, 동대문 근처를 벗어난 적이 없어서였다.

검색 결과, 합정은 '힙'한 동네로 소문난 곳이었다. 그래서 나는 얼마 없는 돈으로 인터넷을 뒤지며 옷 쇼핑을 시작했다.

그렇게 저녁 9시가 됐다. 즐거웠던 하루를 마무리하며 건물 밖으로 나와보니 캠퍼스의 하늘은 어느덧 피멍이 든 것처럼 어두워졌다. 1월의 밤은 참 일찍 내려왔다. 부디 내 인생의 밤은 최

1장. 첫 만남은 언제나 악연

대한 늦게 내려오길 간절히 바라본다.

대전에서 서울로 유학을 떠나온 삶은 단조로웠다. 이 밤 냄새 나는 퇴근길에 전화할 곳도 없었다. 엄마 미안. 호수향한테 메시지를 보낼까 했지만, 오늘은 아니다. 다음 주부터는 이 퇴근길이 달콤해질 수도 있을 테니 조금만 참자. 일단 이번 주까지는 평소처럼 땅콩 과자랑 콜라 먹으면서 드라마나 보자.

- 끼익.

드디어 집에 도착했다. 서울이 맞나 싶을 정도로 낙후된 건물에 있는 이 좁은 옥탑방이 내가 2년간 살기로 계약한 집이다. 겨울엔 추워서 샤워도 못 하는 곳이었지만 그래도 상관없었다. 나에겐 봐야 할 드라마가 쌓여있으니까.

내가 보는 드라마는 모조리 로맨스였다. 이유는 간단했다. 모름을 이겨내고 사랑의 공식을 차곡차곡 머릿속에 집어넣어 마침내 성공한 사랑의 인생을 살겠다고 다짐한 7년 전 나를 기억하기 위해서였다.

- 아작.

땅콩 과자가 내 입속에서 부서지는 순간, 드라마는 시작됐다. 오늘 볼 드라마는 새로 시작하는 국내 작품이었다. 아이돌 출신 남녀가 주인공인 이 작품은 총 8부작으로, 예고편이 공개되자마자 폭발적인 인기를 끌었다.

로맨스 드라마 1화에서는 언제나 두 남녀가 만난다. 당연한 얘기겠지. 하지만 이건 몰랐을 거다. 그들은 항상 악연으로 처음 만난다는 것을. 역시나 이 작품도 다르지 않았다. 이 두 사람은 우연히 만나 싸움부터 시작했다.

7년간 내가 본 대부분의 로맨스 드라마와 영화의 시작이 이랬다. 나는 몇 년 전, 이 사실을 깨닫고 의도적으로 악연을 보려고도 했다. 좋아하는 여자가 생기면 괜히 시비를 거는 식이었다. 그러나 그녀들 중 한 명이 친오빠를 불러내 나에게 죽음의 공포를 선사하는 바람에 더 이상 그런 짓은 하지 않기로 했다.

잠깐, 그러고 보니 오늘 호수향과의 연락은 매우 순탄했다. 이래선 우리는 연인이 될 수 없었다. 너무 오랜만에 하는 소개팅이라 이것도 까먹고 있었다.

"흠…."

어떻게 하면 호수향과의 관계를 이 공식에 맞출 수 있을까. 모르겠다. 어떻게든 되겠지. 일단 이것만 기억하면 된다. '사랑한다는 말은 절대 하지 말기'. 왜냐하면 내가 이 말을 할 때마다 여자들은 내게 등을 보였기 때문이다. 이것은 첫 소개팅부터 이어져 온 변함없는 나만의 공식이었다.

"후우…."

나도 모르게 한숨이 삐져나왔다. 난 언제쯤 이 드라마 속 남자 주인공처럼 좋아하는 여자랑 싸워볼 수 있을까. 이 예쁘고 잘생긴 선남선녀가 티격태격하면 할수록 내 마음은 타들어 간다. 두 사람의 사랑이 이뤄질 걸 아니 더욱 심장이 아려온다.

다음 날. 나는 아침부터 용해로 수리 기사님을 기다렸다. 그러나 그분은 얼굴 대신 목소리로 나타나셨다.

『어제 방문했던 착한전기로 수리 기사입니다. 이거 어쩌죠.』

"왜 그러세요?"

『그 메인보드, 재고가 없다네요. 그래서 지금 부산 공장에서 생산 들어갈 텐데, 그러면 제가 내일 아침에 부품 받고 오후에 방문해서 고칠 수 있을 거 같아요.』

"내일이요?"

『네.』

내일이라…. 그러면 수요일인데. 어차피 용해로 돌려서 샘플 얻고 측정하고 보고서 만드는 건 하루면 할 수 있으니까 나쁜 건 아니다.

"알겠습니다. 그러면 내일 방문 부탁드릴게요."

『네, 죄송합니다. 그러면 내일 뵙겠습니다.』

흠…. 그러면 오늘 뭐 하지. 다음 주에 떠날 제주도 학회 준비도 끝났고. 논문이나 찾아봐야겠다. 그보다 합정! 합정에서 어딜 가면 좋을지 검색이나 해보자.

시간은 빨랐다. 금방 다음 날이 됐다. 어제는 온종일 합정에서 갈만한 곳을 고르다가 시간을 다 보냈다. 이제 호수향한테 아니, 수향이한테…. 헤헤. 확인을 받기만 하면 됐다. 지금이 딱 점심시간쯤이니 메시지 보내기 괜찮겠지.

[혹시 파스타 좋아하세요?]

무심하게 툭.

[네. 좋아하죠.]

오! 이번에도 메시지가 바로 왔다.

[여기 괜찮은 거 같은데. 여기 가실래요?]

이 파스타 가게의 후기는 아주 좋았다.

[네(웃음). 너무 맛있겠어요.]

어? 그녀의 이모티콘이 바뀌었다. 그 전엔 미소였는데 지금은 가지런한 이빨까지 드러나는 웃음 이모티콘이었다. 그럼 나도 가만히 있을 수 없지.

[저도 기대됩니다.(꺄악)]

나는 이빨이 드러남과 동시에 두 눈까지 질끈 감은 이모티콘을 보냈다.

[그럼 오늘도 좋은 하루 되세요.]

잉? 또 이렇게 끝난다고? 오늘 점심 뭐 먹었는지 물어보려고 했는데.

[네(미소). 수항 님도 좋은 하루 되세요.]

나는 아쉬움을 표현하고 싶어 이모티콘을 바꿨다. 꺄악에서 미소로. 그런데 그때.

- 위이이잉.

전화가 왔다.

"여보세요."

『네, 착한전기로 수리 기사입니다.』

"네, 안녕하세요."

『이거 어쩌죠.』

뭐야, 또.

『메인보드가 배송이 늦어져서 제가 내일 오전에 받을 거 같거든요.』

"아…. 내일이면…. 목요일인데…."

『죄송해요. 내일 오전에 받자마자 바로 달려가겠습니다.』

목요일 오전에 장비가 고쳐지면 그래도 실험 두 번은 돌릴 수 있었다. 어쩔 수 없지 뭐.

"네, 알겠습니다."

『네, 내일 오전에 뵙겠습니다.』

그렇게 다음 날이 됐다. 다행히 기사님은 오셨다.

"정말 죄송합니다."

"아닙니다."

"바로 작업 시작하겠습니다."

기사님은 빠르게 용해로를 분리한 뒤 메인보드를 교체해 주셨다. 그리고 다행히.

"자, 이제 됐습니다. 사용하시면 될 것 같습니다."

친절한 기사님 덕분에 드디어 실험을 할 수 있게 됐다.

내 전공 그러니까, 스테인리스 스틸을 만들기 위해선 주원료인 철 덩어리를 용해로에 넣고 대략 1,600°C까지 올려 쇳물을 만든 뒤, 작은 크롬 덩어리를 넣어 두 물질을 잘 섞어줘야 한다. 물론 나는 여기에 다른 원료들도 살짝 첨가한다. 그래야 세상에 없던 새로운 스테인리스 스틸을 만들 수 있으니까. 뭐가 들어가는지는 영업 비밀.

나는 일단 철 덩어리를 넣고 용해로의 온도를 높였다. 그리고 대략 세 시간 동안 논문 좀 보다가 다시 용해로로 가서 철 덩어리가 쇳물이 된 것을….

"뭐야."

철 덩어리는 쇳물이 되지 않았다.

"어?"

심지어 여전히 차가웠다. 디지털 온도계의 숫자는 분명 1,600이었지만, 실제 온도는 아니었다. 나는 다시 기사님을 불렀다.

"써모커플(Thermocouple, 열전대)이 끊어졌네요."

"네?"

써모커플은 대략 2,000°C까지 측정할 수 있는 온도 센서였다.

"아이고…. 제가 메인보드만 신경 쓰느라 이건 점검을 못 했네요."

이때, 나는 이 착한 아저씨가 너무 미웠다.

"그러면…."

"이건 재고가 부산에 있거든요? 하루만 기다려주시면 이것도 내일 가지고 오겠습니다. 그리고 이건 제 실수니까 출장비는 안 받을게요."

"써모커플은 얼만데요?"

"30만 원입니다."

추가로 30만 원이면 총 80만 원인 건데. 그래도 어쩔 수 없지 뭐.

"네, 알겠습니다."

그렇게 다음 날 오전이 됐다. 기사님은 여전히 웃는 얼굴로 연구실에 들어오셨다. 그리고 직접 가져온 써모커플을 교체해 주셨다. 그런데.

"어? 왜 안 되지?"

"오늘 금요일이에요, 기사님!"

나도 모르게 언성이 높아졌다.

"죄송해요."

기사님도 당황하며 여기저기 전화를 돌리셨다. 알고 보니 이 장비에 들어가는 써모커플은 독일에서 만든 특수 부품을 사용한 것이라고 했다.

"죄송해서 어쩌죠."

식은땀이 나왔다. 만약 오늘까지 실험을 못 하면 아무런 데이터 없이 내일 랩 미팅에 참여해야 했다. 그러면 1년 만에 교수님한테 쌍욕을 먹을 수도 있었다. 그러다가 잘리기라도 하면? 온갖 최악의 상상이 내 머릿속을 훑고 지나갔다. 그런데 그때.

- 위이이잉!

수향이한테 문자가 왔다. 앱 메시지가 아닌 휴대전화 문자로! 그것도 먼저!

[오빠, 우리 이따가 만나는 거 맞죠?]

당연히 만나야지! 근데 지금 상황이…. 일단 이것부터 처리해야 했다. 어떻게든!

"기사님. 이거 빨리 해결할 방법 없을까요?"

"일단 독일에 주문을 넣으면…."

"그럼 얼마나 걸리는데요?"

"일주일이면 올 겁니다."

"일주일이요!? 안 돼요! 저 이거 오늘 무조건 실험 돌려야 해요! 방법 없을까요?"

"이거 참. 죄송하게 됐습니다. 그래도 독일에 주문을 넣으면…."

"혹시 회사에 남는 장비 없으세요? 하루만 빌려서 사용할 수 없을까요?"

나는 왜 진작 이 생각을 못 했을까. 희망이란 게 이렇게 무서운 거다. 내일 고쳐질 거란 희망이 생기면 그 뒤에 올지도 모를 불행의 가능성을 보지 못한다.

"아이고 이런…. 남는 장비는 부산에 가야…."

"기사님 제발요…."

"일단 독일에 주문을 넣으시죠. 추가 금액은 원래 60만 원인데, 제가 죄송해서 50에 해드릴게요."

기사는 여전히 웃는 얼굴로 말했다. 그리고 나는 그제야 깨달았다. 이 자는 장사꾼이라는 것을. 분명 이렇게 시간을 끈 것도 더 많은 돈을 벌기 위함이겠지!

"독일은…!"

솔직히 이걸 알고 나서는 이 아저씨를 쫓아내고 싶었지만 그럴 수 없었다. 왜냐하면, 이 사람은 나의 유일한 희망이었기 때문이다. 적어도 이 순간만큼은 그랬다.

"알겠어요. 독일에 주문 넣어주세요."

"잠시만요."

입꼬리가 하늘로 올라간 기사는 누군가와 짧은 통화를 마쳤다.

"운이 좋으면 다음 주 수요일에 들어온다네요."

"알겠으니까, 이제 오늘 사용할 수 있는 용해로 하나만 구해주세요."

"오늘 사용이라…. 잠시만요."

이 친절의 탈을 쓴 탐욕적인 수리 기사는 여기저기 전화를 걸었다. 용해로를 가진 다른 학교와 다른 업체에 연락한 거였다. 그러나 그들 모두 안 된다는 답변만 했다.

"서울, 경기도권에 제가 아는 곳은 다 안 되네요. 아마 금요일이라 샘플 일정이 다 차서 그런가 봐요."

"기사님…! 제발요!"

나는 거의 울기 직전이었다.

"혹시 모르니까, 문래동 한번 가보세요."

"문래동이요?"

"철공소 모여있는 곳인데, 잘 찾아보면 용해로 있을 수도 있어요."

기사는 이렇게 연구비만 꿀꺽 삼키고 사라졌다. 화가 났지만 어쩔 수 없었다. 나는 일단 문래동 철공소를 검색했다. 다행히 그리 멀지 않은 곳이었다. 그리곤 가장 위에 검색된 장소로 전화를 걸었다. 그러나 문제는 끊이지 않았다. 내 인생 같았다.

『용해로? 여기 철공소들은 거의 가공 위주로 할 텐데…. 철재 자르고 굽히고 모양 성형하고 뭐 그런 거.』

"아…."

날 잠시 들뜨게 해줬던 문래동이었지만, 이제 내 심장은 더 쪼그라들었다.

『그래도 발품 팔아봐요. 여기가 워낙 다양한 곳이 많거든. 우리가 모르는 곳이 있을 수도 있어요.』

"네…. 감사합니다."

나는 전화를 끊고 멍하니 허공을 응시했다. 오늘따라 이 넓은 연구실이 내 원룸보다 좁게 느껴져 답답했다.

어쩔 수 없었다. 시간 내에 실험을 끝낼 수 있는 유일한 방법은 문래동 철공소에서 용해로를 찾는 것밖엔 없었다. 과연 가능할까? 그건 모른다. 그러나 한 가지 분명한 건, 연구실에 앉아 있으면 가능한지 아닌지조차도 알아낼 수 없다는 것이다. 그래서 나는 곧장 철 덩어리와 크롬 덩어리, 그리고 나만의 비밀 원료들을 가방에 넣고 문래동으로 향했다. 아! 그리고 답장도!

[당연하죠.(미소) 이따가 봬요!]

    오전 11시. 문래동 철공소 밀집 지역에 도착했다. 이곳에 도착하니 쇠 냄새가 나를 반겼다. 금속 용접이나 절단할 때 종종 퍼지는 이 냄새는 나한테도 익숙했다.

    서로 다른 철공소들은 2차선 길을 따라 줄지어 있었다. 처음엔 용해로가 있는지 어떻게 알 수 있을까 고민하다가 각 철공소들은 일반적인 상점들과 달리 내부를 훤히 들여다볼 수 있다는 점을 알게 됐다. 마치 자동차 정비소 같은 느낌이라고 해야 할까? 그래서 이 철공소 거리를 걸으며 직접 눈으로 확인했다. 그러다가 의도치 않게 작업자분들과 눈이 마주치기도 했다. 그러면.

"안녕하세요. 혹시 용해 작업도 하세요? 금속 녹이고 합금 만드는….."

곧장 임기응변을 발휘해 그분들에게 살갑게 다가갔다.

"우리는 그런 거 안 하는데."

나이가 지긋한 작업자분의 목소리엔 따뜻함이 담겨있었다.

"그러면 혹시 합금 작업하는 곳이 이 근처에 있을까요?"

"이 근처엔 없어요. 저쪽 사거리 건너라면 모를까."

"사거리 건너요? 거기에도 철공소가 있어요?"

"여기 이 지역 전체가 다 그래요. 사거리 건너도 있고, 요 길 건너에도 있고."

나는 이제야 뭔가 감이 잡히기 시작했다.

"감사합니다."

처음엔 문래역 근처에서 가장 가까운 이 지역만 철공소가 밀집해 있는 줄 알았는데 아니었다. 이곳은 생각보다 넓었다. 이때 내 머릿속에 조금 긍정적인 생각이 들어왔다. '이렇게 넓은 곳에 용해로 하나 없겠어?'라는 생각. 그래서인지 여전히 맴도는 쇠 냄새가 달콤하게 느껴졌다. 그런데, 갑자기 내 눈에 매우 이상한 글씨가 보였다.

"저게 왜 여기에 있지?"

예쁘고 귀여운 카페의 간판이었다. 거칠고 투박한 글씨가 쓰인 철공소 간판들 사이에 있는 이 여리여리한 필기체는 내 머릿속에 커다란 물음표를 띄웠다.

쇠 냄새가 달콤하게 느껴진 이유가 혹시 저것 때문이었을까? 나는 궁금증을 안고 사거리 쪽으로 나가면서 다시 철공소들의 안쪽을 바라봤다. 작업자분들은 커피 마실 시간도 없이 분주했다. 혹시나 해서 테이블이나 작업 선반을 유심히 관찰했지만, 그 어디에도 테이크아웃 잔은 없었고 하얀 종이컵이나 파란 캔 커피 정도만 있었다.

이것은 이분들이 카페에서 커피를 사 마시지 않는다는 것을 의미했다. 그런데 왜 저 예쁘고 여리여리한 필기체는 여기에 있는 걸까?

1장. 첫 만남은 언제나 악연

큰길을 건너기 전, 나는 조금 더 관심을 갖고 주변을 둘러봤다. 그리고 알게 됐다. 예쁜 글씨체 간판들은 이미 여러 개가 존재한다는 것을. 심지어 카페뿐만 아니라 술집과 음식점들도.

"아니, 도대체 왜?"

이해가 되지 않자 나도 모르게 혼잣말을 내뱉었다. 그런데 지금 이게 중요한 게 아니었다. 벌써 20분이 훌쩍 지났다. 12시가 되기 전에 샘플을 만들기 시작해야 겨우 학교에 돌아가서 결과를 측정하고 내일 랩 미팅 자료를 만들 수 있었다. 그리고 소개팅도!

일단 휴대전화를 들어 지도 앱을 켰다. 그러고는 문래공원 사거리를 대각선 방향으로 건넜다. 지도상으로 이 블록이 철공소가 훨씬 더 많이 밀집해 있어서였다. 밀도가 높을수록 용해로를 찾을 가능성이 높아질 테니까.

역시나 이 블록은 더 촘촘했다. 심지어 처음 둘러본 블록보다 두 배는 넓었다. 나는 이 골목을 빠르게 돌아다니며 용해로가 있는 곳을 살폈다. 그렇게 40분이 지났다.

"후우…."

이 지역을 샅샅이 뒤지며 작업자들에게 아무리 물어봐도 용해로가 있는 곳은 찾을 수 없었다.

벌써 12시. 이제 조급해졌다. 그래서 나는 길 건너에 있는 마지막 철공소 밀집 블록을 향해 뛰었다.

"헥, 헥."

그런데 이상했다. 이 마지막 블록은 철공소보다는 음식점들이 더 많았다.

"뭐야, 이건 또…. 헥, 헥."

지도 앱을 확인했다. 지도상으로 중간 블록에 있는 이곳은 분명 문래동 철공소 밀집 지역이 맞았다. 근데 왜 내 눈엔 온통 소, 돼지, 닭들이 미소 짓고 있는 모습만 보이는 걸까.

"헥, 헥."

나는 더 빨리 뛰며 이곳을 탐색했다. 다행히 철공소들이 있었지만, 분위기는 확실히 달랐다. 조금 전까지 봤던 철공소 밀집 블록이 거친 야생의 들판이었다면, 이곳은 뭐랄까…. 여전히 들판은 들판인데 형형색색의 야생화들이 정돈되지 않은 채로 피어 있는 들판이랄까?

이런 생각을 하며 이 블록을 계속 탐험했다. 그러자 정말로 뜬금없는 상점들이 많이 보였다. 네일샵, 옷 가게, 인생세컷, 심지어 사주 타로 집에 미술 공방들까지. 다른 곳에서 봤다면 그냥 지나칠 만한 곳들이었지만 이곳에 있어서인지 더 눈이 갔다. 뭘까, 이 도시 개발의 공식을 완전히 무시해 버리는 조합은. 모르겠다. 그게 뭐가 중요하겠나.

"헥, 헥."

나는 계속 이 블록 구석구석을 뛰어다니며 철공소를 찾았다. 골목이 워낙 많아서 갔던 곳을 또 가는 일도 있었다. 그런데 결국 찾지 못했다. 형형색색의 야생화들에 한 눈이 팔려서? 아니면 숨이 차오르고 다리에 힘이 풀려서? 아니다. 그냥 없었다. 이 문래동 철공소는 내가 생각한 그런 곳이 아니었다.

"하아…."

나는 그렇게 멍하니 하늘만 봤다. 이날의 하늘은 야속하게도 푸르렀다. 그런데 그때.

- 깡!

갑자기 쇳덩어리가 망치에 두들겨 맞는 소리가 들려왔다. 그리고 또.

- 깡!

그 소리는 한 번 더 들렸다.

"어디야?"

나는 본능적으로 소리가 울리는 곳으로 고개를 돌렸다. 그리고 또다시.

- 깡!

마지막으로 들린 소리는 더욱 선명했다. 내가 이 소리에 민감한 이유는 하나였다. 철 종류를 절단하거나 구부리는 등의 가공 작업에서는 연속적인 소리 그러니까, '지이이잉!'등의 날카로운 커팅 소리가 들려온다. 그런데 방금 내게 들려온 '깡, 깡' 같은 불연속적인 소리는 이제 막 용해로에서 빠져나와 아직 붉게 빛나고 있는 철을 더욱 단단하게 만들기 위해 망치로 내리치는 작업을 할 때 나는 소리였다. 중세 시대 대장장이들이 명검을 만든다고 온종일 쇳덩어리를 두드리는 것이 바로 이 이유였다.

그렇게 나는 힘 빠진 다리를 이끌고 소리가 들려온 곳으로 또 달렸다. 그리고 미처 내가 둘러보지 못한 아주 좁은 골목 입구에 도착해 주변을 둘러봤다.

"오와…."

감탄이 절로 나올 만큼 아름다운 골목이었다. 마치 판타지 영화에서나 볼법한 비밀 장소의 입구 같다고 해야 할까? 아직 겨울이라서 양쪽 담벼락 너머의 나무들은 앙상했지만, 봄이 오면 환상적인 포토 스팟이 될 게 분명했다. 그래서 나는 나도 모르게 휴대전화를 들어서 이 아름다운 골목의 사진을 찍었다.

- 찰칵!

그리고 그때.

- 깡!

이 맑고 청아한 소리는 이 환상적인 골목 안쪽에서 한 번 더 울려왔다. 나는 곧장 영화 속 주인공이 된 것처럼 이 골목을 만끽하며 안쪽으로 걸었다. 그리고 이내, 이 천상에서 들려온 것만 같은 맑은 소리의 출처와 마주했다.

"안녕하세요!"

환상적인 골목과는 달리 어두웠던 이 철공소는 작은 원룸 정도 되는 크기였다. 그리고 이 안에서 망치질을 하던 어느 노인과 눈이 마주쳤다. 머리가 하얀 노인이었다.

"왜? 또 카페 한다고? 내가 말했지! 나는 여기서 절대로 안 나간다고!"

노인은 다짜고짜 이상한 얘기부터 늘어놨다. 나는 인사만 했을 뿐인데.

"아니, 그게 아니고요…. 혹시 용해로 사용하시나 해서요."

"용해로?"

"네. 용해로요…."

노인은 머쓱했는지 나를 빤히 쳐다보더니 이내 고개를 끄덕였다.

"하죠."

살았다! 나는 흥분되는 마음을 가라앉히고 일단 차분히 말을 이어갔다.

"제가 수도대학교에서 금속 재료를 공부하는 학생인데요."

"그런데."

"그러니까…. 제가 지금 당장 급하게 스테인리스를 하나 만들어야 하는데, 저희 연구실 용해로가 고장 나서요…. 그래서 혹시 선생님 용해로를 잠깐 빌려서 사용할 수 있을지 여쭤보려고 이렇게 오게 됐습니다."

나는 최대한 정중히 말했다. 그리곤 두 손을 가지런히 모아 노인의 답변을 기다렸다. 그러나.

"안 돼요."

노인의 대답은 매정했다.

"사용료도 드릴게요."

"얼마나?"

하…. 역시 돈인가…. 생각해 보니 여기도 엄연한 기업이었다. 왜 난 이것도 잊고 있었을까.

"10…. 만원…."

나는 작게 읊조렸다. 10만 원 정도는 연구비로 따지면 매우 작은 돈이었지만, 이제 연구비는 없었다. 그놈의 독일 써모커플 때문에. 그래서 지금은 내 돈을 써야 했다. 그 경우라면 10만 원은 일주일 동안 끼니를 해결할 수 있는 거대한 자금이었다.

"안 돼."

"부탁드릴게요."

"우리는 대량 주문만 받아. 최소 20개 이상부터."

"부탁드리겠습니다! 저 정말 오늘 안 만들면 큰일 나요."

"그건 그쪽 사정. 그리고 나 이제 점심 먹으러 가야 해."

"사장님…!"

백발의 노인은 장갑을 벗고 망치를 내려놓았다. 그런데 그때.

"하나 정도면 해줘요."

갑자기 구석에서 젊은 여성의 목소리가 들려왔다.

- 뚜벅, 뚜벅, 뚜벅.

그리고 그녀는 천천히 걸어와 흰머리 노인 옆에 섰다.

"하나면 돼요?"

이윽고 들려온 그녀의 질문. 그러나 나는 그대로 얼어붙어 아무런 말도 할 수 없었다.

누가 봐도 내 또래 같은 앳된 피부, 고양이를 닮은 얼굴과 마른 몸매 그리고 170cm는 되어 보이는 키. 거기에 45°로 질끈 묶어 올린 머리와 중저음 목소리까지.

- 두근!

오랜만에 내 심장은 누군가 움켜쥔 듯 아파왔고 얼굴은 빨개졌다.

"저기요. 하나면 되냐고 묻잖아요."

"뭘 해줘. 돈도 안 되는 거."

내가 얼어붙은 사이, 두 사람의 설전이 오갔다.

"그냥 해 줘요. 아빠는 빨리 가서 점심이나 잡수고 오세요."

노인은 못마땅한 듯 나를 잠시 바라봤지만 이내 그녀가 들어왔던 곳으로 나갔다.

"뭐 만든다고 했죠?"

나는 여전히 얼어붙어 있었다. 그러나 시선만큼은 여전히 잘 작동했다. 그녀는 지금 팔뚝이 다 드러나는 민소매 티에 가죽으로 만든 앞치마를 입고 있었다. 아직 1월임에도 말이다. 그리고 나는 발견했다. 땀인지 뭔지 모를 것 때문에 반짝거리는 그녀의 우락부락한 이두박근과 나무껍질처럼 갈라진 전완근을.

"저기요!"

"네?"

그녀의 목소리가 높아지자 그제야 나는 깨어났다.

"아, 네. 그…. 뭐라고 하셨죠?"

"뭐 만들 거냐고요."

"아! 스테인리스 샘플 하나만 만들면 됩니다. 재료는 전부 가져왔고요."

"주세요."

"네."

나는 얼른 가방에서 재료들을 꺼내 그녀에게 건넸다. 내가 건넨 재료들을 받을 때 그녀의 강인한 팔뚝은 더욱 반짝였다.

"실험 조건은 따로 없어요?"

"네."

"알겠어요."

"그런데…."

나는 잠시 머뭇거렸다. 그러자 그녀가 나를 빤히 바라봤다. 이때 내 심장은 터져버릴 뻔했다.

"왜요? 뭔데요?"

순간, 나는 지난날들을 회상했다. 여성들을 처음 만나자마자 고백했던 그 순간들. 그러나 하나같이 모두 내게 등을 보였던 순간들. 하지만 오늘은 그날이 아니었다. 왜냐하면 그녀는, 팔자주름 자체가 없었기 때문이다. 그렇기 때문에 내 심장이 터져버릴 뻔한 것은 다른 이유였을 것이다. 아마도 그랬을 것이다. 아닌가.

"혹시 얼마…. 일까요?"

용해로 문제를 해결한 지금, 나한테 중요한 건 돈이었다.

"그냥 해드릴게요."

그녀는 아무런 표정 없이 날 쳐다보지도 않고 한 마디 툭 뱉었다. 그러자.

- 뚜끈!

동시에 내 심장은 그 전보다 더 강하게 요동쳤다. 하마터면 오른팔로 내 왼쪽 가슴을 부여잡을 뻔했다. 뭐지? 저 놀랍도록 차가운 표정 때문인가? 아니면 공짜라는 말 때문인가?

"가…. 감사합니다."

"한 세 시간 걸리겠네요. 밥 먹고 카페라도 다녀오세요."

"네."

그렇게 나는 이 작은 철공소를 나왔다. 아직도 내 심장은 빠르게 뛰었고 얼굴도 화끈거렸다. 그녀에게 반해서? 아닐 거다. 그럴 리가 없다. 그녀는 내 이상형이 아니었다. 결국, 내 심장이 이렇게 아려오는 것은…. 그 이유는….

- 꼬르륵.

모르겠다. 일단 밥이나 먹자. 나는 조금 걸어서 신도림역 근처에 있는 푸드코트에서 밥을 먹었다. 그래도 여기까지 와서 5,000원짜리 학식만 찾을 수 없었기에 6,000원짜리 돈가스를 먹었다. 돈가스는 언제나 맛있다.

시간이 지나고 샘플을 받으러 다시 그 아름다운 골목으로 향했다.

- 두근!

그런데 심장이 다시 요동쳤다. 왜일까? 그 이유는 생각보다 쉽게 밝혀졌다.

"이거야?"

다시 돌아온 이곳엔 그녀가 없었다.

"아, 네. 맞습니다."

"가져가."

"감사합니다."

나는 하얀 머리 노인으로부터 얼른 샘플을 건네받았다.

"운 좋은 줄 알아. 원래는 우리 이런 거 안 해줘."

"감사합니다."

나는 그렇게 실없는 미소를 보이며 그곳을 빠져나왔다. 그래서 내 심장은 왜 다시 요동쳤는가? 그 이유는 내가 저 하얀 머리의 노인을 만날까 두려워서였을 것이다. 생각해 보라. 우린 모두 학창 시절, 호랑이 선생님으로부터 교무실 호출을 당한 일이 있었다. 그때를 생각하면 내 심장이 왜 요동쳤는지가 확실히 설명된다. 설마 내 이상형도 아닌 사람을 보고 싶어서 그랬을 리는 없을 테니까 말이다. 게다가 나와 그녀의 첫 만남은 악연도 아니었다. 내가 이제껏 차곡차곡 쌓아 둔 로맨스 공식에 따르면 우리는 애초에 시작될 수 없는 사이였다.

"후우…."

이렇게 생각을 정리하고 나니 마음이 편해졌다. 이제 나는 학교에 가서 이 샘플을 측정하고 데이터를 정리한 다음, 랩 미팅 보고서 만든 뒤, 소개팅에 나가면 된다! 조금 이따 보자 수향아!

모든 일정을 마친 뒤, 나는 집에 가서 옷부터 갈아입었다. 오늘은 은빛 정장을 입지 않았다. 힙한 합정이 아니었더라도 안 입었을 거다. 이해는 안 되지만 여자들이 싫어한다고 해서 되도록 안 입고 있다. 이제 나는 예전의 내가 아니다. 은빛 정장은 고이 모셔뒀다가 친한 사람들 결혼식 때만 입을 거다.

대신 나는 T.P.O(Time_시간, Place_장소, Occasion_상황)를 완벽히 맞춰 입고 나왔다. 월요일에 주문한 옷들이었다. 검은색 스냅백을 비스듬히 쓰고 황금색 항공 점퍼와 통이 넓은 카고 청바지를 입은 오늘의 나는, 힙한 합정 그 자체였다.

파스타 가게는 30분 전에 도착했다. 최소 40평은 되어 보이는 듯한 이 파스타 가게는 매우 넓었다. 인테리어도 베르사유 궁전 안에 들어온 것만 같은 착각을 잠시 일으킬 정도로 화려했다. 물론 가본 적 없다.

종업원은 나를 이 넓은 홀에서 가장 중앙에 있는 테이블로 안내했다. 나는 앉아서 호수향의 프로필 사진을 다시 봤다. 역시나 눈이 참 예뻤다. 그런데 그때.

"김철 오빠?"

"어!? 호수향?"

"네. 안녕하세요."

"안녕하세요."

드디어 만났다. 사진 속에만 있던 그녀는 이제 내 앞에 앉았다.

"일찍 오셨네요."

"아, 네. 당연히 그래야죠."

그녀는 웃었다. 팔자주름이 참 매력적이었다. 그런데 이상했다. 나는 웃을 수 없었다. 왜일까. 그녀가 사진과 많이 달라서? 코에 피어싱을 해서? 길게 늘어뜨린 히피 펌을 덮고 있는 하얀색 스냅백이 안 어울려서? 그것도 아니라면 은빛 항공 점퍼에서 반사되는 조명이 내 눈을 찔러서?

"오빠도 오늘 힙합이네요?"

"그러게요."

왜 불편했을까. 그래도 다행이었다. 여기에 하얀 가운을 입은 사람은 없었으니까. 그랬다면 영락없는 산신령과 금도끼 은도끼였을 테지.

이때 나는 묘한 기분을 느꼈다. 이게 부끄러움이란 건가? 그러고 보니 이 파스타 가게에 힙합 스타일로 옷을 입은 사람들은 우리뿐이었다.

"잘 어울리신다."

"고마워요."

도대체 이유가 뭐지. 분명 수향이가 아니, 호수향이 내 눈앞에 나타나기 전에 나는 들떠 있었는데, 왜 지금 나는 집에 가고 싶지?

"뭐 드실래요?"

호수향은 메뉴판을 펼쳤다. 나는 오늘 왠지, 저녁값은 내가 다 계산해야겠다는 생각이 들었다. 이게 그동안 그녀들이 다 계산한 이유였을까? 왜 갑자기 그동안의 모든 게 이해가 되는 거지?

"세트 A가 제일 좋아 보이네요. 파스타 두 개, 음료 두 개."

나는 제일 싼 메뉴를 골랐다. 옷만 88,900원 결제했는데, 음식 값까지 하면 거의 15만 원. 나는 죄인이다.

"오! 저도요. 우리 통했네요."

분명 호수향의 팔자주름 웃음은 매력적이었다. 그녀는 분명 내 이상형이었다.

"오빠. 말 편하게 하세요. 존댓말 하지 말고"

"제가 처음 본 사람한테는…."

"내가 먼저 반말할까?"

호수향은 심지어 저돌적이기까지 했다. 평소라면 좋아했겠지만, 지금은 왜…. 나는 이 불편함에 갈증을 느끼고 물을 들이켰다. 그런데.

"오빠 귀엽다."

"쿠홋!"

갑작스러운 호수향의 발언에, 식도로 넘어가려던 투명한 물방울들이 길을 잃고 반대로 뿜어져 나왔다. 그 바람에 호수향의 얼굴에 내 침인지 물인지 모를 액체가 다 튀어버렸다.

"미안, 미안해요."

"괜찮아."

나는 재빨리 냅킨을 들어 호수향의 얼굴을 닦아줬다. 그러자 호수향은 웃었다.

"말 편하게 하라니까."

"그래…. 근데 정말 미안."

잠시 후, 음식이 나왔다. 나는 음식만 먹었고 호수향은 말만 했다. 주로 자기가 다니고 있는 회사 선배들에 관한 이야기였는데, 칭찬은 단 한 개도 없었다.

우여곡절 끝에 우린 음식을 모두 먹었다. 호수향은 자꾸 이 근처에 예쁜 카페가 많다는 말을 반복했다. 혹시 이게 2차로 카페를 가자는 얘기인가? 그런데 난 갈 마음이 없는데. 그래서 나는, 우리의 인연을 종료할 수 있는 말을 하기로 결심했다.

"그런데 너 그거 알아?"

"뭔데?"

나도 내 입에서 이런 말이 나올 줄 몰랐다. 일부러 상처를 주는 말이라니…. 평소에 소개팅을 하면 종종 써먹던 말과는 단지 한 음절만 차이 날 뿐이었지만, 이 순간만큼은 내가 정말 나쁜 놈처럼 느껴졌다. 하지만 해야 했다. 나를 위해서, 그리고 내 앞에 앉은 이 호수향을 위해서.

"너 눈만 예뻐."

"그게 무슨 말이야?"

예상대로 호수향의 얼굴은 굳었다.

"말 그대로야. 눈만 예뻐…."

차마 뒷말은 이어가지 못했다. 그러기엔 너무 잔인했다. 난 그런 사람이 아니다.

"이건 내가 계산할게. 오늘 즐거웠어."

나는 천천히 일어났다. 그리곤 거액을 긁었다. 도저히 뒤돌아 호수향의 얼굴을 바라볼 수 없었다. 울고 있을 그녀의 뜨거운 두 눈을 볼 자신이 없었다.

다음 날, 토요일. 오전에 출근해 교수님을 기다렸다. 솔직히 어제의 실험 결과가 최상이라고는 말할 수 없었지만 그래도 말할 거리가 있다는 것에 감사했다.

그런데 이상했다. 랩 미팅은 오전 11시로 잡아놨는데 교수님은 연락도 없이 안 나오셨다. 교수님이 시간 약속을 어긴 적은 없어서 전화를 드렸지만 역시나 받지 않으셨다. 뭘까?

그렇게 월요일 아침이 됐다. 나는 출근하자마자 학과 사무실로 달려갔다.

"혹시 저희 교수님한테 연락받은 거 있으세요? 주말 동안 연락이 안 되셔서."

"어? 모르셨어요? 교수님 사임하셨잖아요."

"네에!?"

뭐야! 이게 무슨 개소리야! 이 어처구니없는 소식에 내 소중한 턱은 하마터면 바닥으로 떨어질 뻔했다.

"사임이라뇨?"

"철 씨한테는 말씀하신 줄 알았는데."

이때 문득, 교수님이 나한테 사과하셨던 장면이 떠올랐다. 선배도 후배도 못 뽑아줘서 미안하다는 사과. 당시엔 갑자기 왜 그러시나 궁금했지만, 혹시 그게⋯.

"왜요? 왜 갑자기 사임하신 거예요!?"

"우울증이라고 하시던데⋯."

이건 또 무슨 소리인가. 우울증이라니! 그런데 지금 중요한 건 이게 아니었다. 이 상황에서 가장 중요한 건 내 미래였다.

"그럼 이제 저 어떡해요? 당장 이번 주에 학회도 가야 하고, 지도 교수님이 안 계시면 저 졸업논문은⋯."

"글쎄요⋯. 후임자 구하고 있다는 얘긴 들은 거 같은데⋯."

"만약에 안 구해지면요?"

"그러면 다른 연구실로 가셔야죠. 같은 과 내에서."

"네에!?"

순간, 다리에 힘이 풀렸다. 아무리 같은 과라고 해도 연구하는 분야는 완전히 달랐다. 석사 기간의 빈을 금속 재료만 연구하던 애가 갑자기 유기물 연구실에 가서 벤젠고리를 그릴 수는 없었다. 그러면 나의 1년은 무의미한 것이 된다.

"안 돼요!"

나는 곧장 연구실로 뛰었다. 숨이 턱 막히고 갈비뼈가 쪼그라드는 느낌이 들었지만, 내가 돌아갈 곳은 오직 연구실밖에 없었다.

- 철컥!

그렇게 연구실의 문을 닫는 것도 깜빡한 채 내 책상으로 달려가 의자에 주저앉았다. 그리곤 멍하니 땅바닥만 응시하며 하염

없이 눈물을 흘렸다.

- 흑흑흑흑.

나는 지금 사막 한가운데에 버려진 개구리 같은 존재였다. 물이 너무나 필요했지만, 그 어디에도 수분은 없었고 심지어 어느 방향으로 가야 살 수 있는지도 알지 못했다. 이게 도대체 무슨 날벼락이란 말인가!

그런데 그때, 갑자기 그림자 하나가 바닥에 나타났다. 나는 천천히 눈을 들어 그 그림자의 실체가 누구인지 올려다봤다. 그러나 그 실체는 내가 미처 고개를 다 들기도 전에 엄지를 뻗어 내 눈물을 닦았다.

"울지 마요."

그리고 들려오는 익숙한 여성의 중저음 목소리.

"어…?"

나는 그녀의 얼굴을 보자마자 눈물을 그쳤다. 고양이를 닮은 얼굴과 마른 몸매, 170cm는 되어 보이는 키, 이번엔 생으로 풀어버린 긴 머리까지. 그녀는 문래동 철공소에서 봤던, 엄청난 팔 근육을 가진 아름다운 여성이었다.

"은아연이라고 해요. 금속 재료 연구실에 새로 온 조교수."

나는 또 얼어붙었다. 이번엔 두 눈까지도 그랬다.

- 뚜끈!

하지만 내 심장은 왜인지 불타올랐다.

2장

사랑의 밑밥은 언제나 감금

정신을 차려야 했다. 그래서 두 눈을 부릅뜨고 쌍꺼풀을 만들었다.

"아, 안녕하세요."

"왜 울어요."

그녀는 내 눈물을 닦았던 엄지를 감추고 그대로 서서 내게 물었다. 여전히 차가운 표정인 채였다.

"그러니까…. 그게…."

나는 무언가 말하려 했지만, 그녀의 샴푸 향기가 허락도 없이 내 코안에 들어와 뛰노는 바람에 잠시 말문이 막혔다.

"강무광 교수님 사임하셔서?"

"네…."

"걱정 마요. 이제 나랑 이어서 연구하면 되니까."

그녀의 이 말은 따듯하면서도 서늘했다. 한여름에 느끼는 한

기라고 해야 할까. 그러면 감기 몸살인데.

"그동안 실험 뭐 했는지 보고 싶은데. 지금 가능해요?"

"지, 지금요?"

솔직히 서운했다. 나는 서로에 대해 알아가는 시간이 좀 필요하다고 생각했다. 그녀는 방금 내 눈물도 닦아준 사람이 아닌가. 하지만 어쩔 수 없었다. 나는 대학원생, 그녀는 교수였으니까. 이제 내 지도 교수…. 님.

"알겠습니다."

"자료 들고 교수님 방으로 와요."

"네."

나는 랩 미팅 자료들을 정리한 뒤 교수님 방에 도착했다. 그런데 이곳은 완전히 바뀌어 있었다. 기존에 있던 서재와 작은 테이블은 사라진 채 묵직한 덤벨들과 요가 매트, 그리고 헬스장에서나 볼 법한 벤치프레스가 그 자리를 차지하고 있었다.

"자료 줘 봐요."

내가 USB를 건네자 그녀는 그 안에 있는 자료를 모니터에 띄웠다.

"얘기해 봐요."

"네. 일단 저랑 강 교수님은…."

"여기 앉아서. 그렇게 서서 말하면 내가 올려 봐야 하잖아요."

"아, 네."

나는 그녀 옆에 있는 간이 의자에 앉았다. 이제 그녀와는 어깨가 닿을 만큼 가까워졌다. 그러자 내 심박수는 치솟았다.

"저랑 강 교수님은 스테인리스 스틸을 연구했습니다. 강 교수님 전공이 그래서 그런 것도 있고 저희 방에 있는 유일한 연구과제가 이거인 것도 있어서…."

"과제가 지금 이거 하나밖에 없어요?"

"네."

그녀는 아무것도 모르는 듯했다.

"연구비는?"

"1년에 2,000만 원 있습니다. 총 5년 과제인데 올해가 마지막이고요."

"거기에 철 씨 인건비도 포함이죠?"

"네."

"그럼 재료 몇 개 사는 것도 힘들겠네. 이제까지 이걸로 비텼어요?"

"네…."

내 목소리는 점점 줄어들었다.

"고생했겠네."

"흡!"

순간, 나는 울컥했다.

"왜 자꾸 울어요. 울보야?"

"그게 아니라…."

"불안하겠지. 이해해요. 근데 이제 내 앞에서 울지 마요. 짜증 나니까."

  다시 한번 내려온 따듯한 서늘함. 이때 나의 모든 감각은 깨어났다. 마치 뒷골에 바늘이 꽂히기라도 한 것만 같았다. 강 교수님은 평시에 평화롭다가 아주 가끔 쌍욕을 퍼붓는 스타일이었는데 이분은 평시가 전시인 느낌이었다. 이제 긴장하지 않으면 내 남은 1년이 고통스러울 수 있겠다는 생각이 들었다.

  "계속 설명해 봐요."

  나는 대략 20분 정도 우리 금속 재료 연구실의 상황과 연구 과정들에 대해 말했다. 그 어느 때보다 긴장하고 정신을 차린 채였다. 이제 보니 내 심박수가 증가했던 이유는 이것 때문이었던 것 같기도 하다.

  "그러면 용해로는 언제 고쳐지는데요?"

  "지금 독일에 써모커플 주문한 상태고요. 빠르면 이번 주 수요일, 아니면 금요일에 온다고 합니다. 근데 금요일은 저희가 없으니까 월요일에 오라고 했습니다."

  "제주도 학회는 목요일 출발이고?"

  "네. 김포공항 오전 11시 비행기고 장소는 더 슈프림 호텔입니다. 2박 3일 일정."

  "알겠어요. 그런데, 스테인리스 스틸 계속하고 싶어요?"

  뭐지. 이 이상한 질문은?

  "아무래도…. 계속해 왔던 거고…."

  "스테인리스는 경쟁자가 많을 텐데."

"경쟁자들이 많은 건 사실이지만…."

"그리고 그 사람들은 1년에 2,000만 원으로 연구하지 않아요."

"알고 있습니다."

"그런데 굳이 왜? 왜 계속 스테인리스 스틸 하려고 해요?"

"그게 취업에 더 유리할 것 같아서요."

이때 그녀는 시선을 약간 떨궜다.

"취업…."

그리고 이 단어를 작게 읊조렸다.

"공식 같은 건가? 사람들이 많이 연구하는 걸 해야 취업이 잘 되는 게."

"아, 그게…."

"비꼬는 거 아니에요. 그냥 정말 궁금해서 물어보는 거예요."

"아무래도 회사입장에서는 같은 조건이라면 조금 더 일에 익숙한 사람을…."

"우리 수도대학교가 그 '같은 조건'에 들어갈 수 있는 학교인가?"

그녀는 냉혹함을 넘어 잔인하기까지 했다.

"그래도 서울권이고…."

"M.I.T에서 석박사 하던 애들도 한국 취업자리 없다고 난리인데."

M.I.T(Massachusetts Institute of Technology)는 세계 정상급의 공과대학교다. 이 분야에 관심 없는 사람들도 한 번씩은 다 들어봤을 법한 그런 곳.

"알겠어요. 존중할게요. 일단 그 2,000만 원짜리 과제는 마무리 지어야 하니까. 이번 주까지는 그때 그 철공소 용해로 사용해요. 제가 말해둘게요."

이제 나왔다. 철공소 이야기! 꼭 하고 싶었던 이야기지만 긴장돼서 못 한 이야기!

"근데 그 철공소에서는…."

"기다려 봐요."

그녀는 갑자기 휴대전화를 들었다.

"아버지. 한 시간 뒤에 용해로 사용할게요."

『한 시간 뒤? 안 돼. 점심 먹고 두 시에 와.』

"네."

- 뚝.

"들었죠? 두 시까지 거기 가면 돼요."

뭔가 더 대화하며 알아가고 싶었지만, 여긴 소개팅 자리가 아니었다.

"아, 그리고 마지막. 내가 제일 싫어하는 게 하나 있어요. 시간 약속 안 지키는 거. 내가 어디에 늦는 것도 싫어하지만 상대가 늦는 것도 싫어해요. 실험 일정도 그 안에 포함되고."

"네…. 꼭 기억하겠습니다. 문래동에도 두 시까지 늦지 않게 도착하겠습니다."

"가 봐요."

이렇게 살벌했던 첫 공식 미팅이 끝났다. 나는 여전히 강무광 교수님의 사퇴와 그 자리를 그녀가 차지하고 있다는 정신적 충격에 비틀거리며 이 넓은 연구실에 앉아 허공을 응시했다. 그러다가 점심을 먹고 영어 공부 좀 하다 보니 어느새 문래동에 도착해 있었다. 그리곤 다시 그 호랑이 노인 그러니까, 지금 내 교수님의 아버지에게 샘플 제작 의뢰를 한 뒤, 세 시간 동안 또 이 문래동 철공소 골목을 배회했다.

- 위이이잉.

그런데 이때, 전화 한 통이 걸려 왔다.

"어? 선배."

『어이, 김 석사! 강무광 교수님 사임하셨다며?』

"네…."

피영구 선배였다. 이 험한 대학원 생활에서 유일하게 힘이 되어주는 옆 연구실 선배. 서른다섯의 박사과정생으로, 좋은 여자친구를 만나 결혼에 아이까지 낳고 육아 휴직차 잠시 집에 머무르고 있는 선배.

『이게 무슨 일이야. 너 괜찮냐?』

"괜찮아요. 그래도 바로 교수님 오셔서…."

『아, 그 조교수? 소문에는 자대 출신이라던데. 우리 학교 우리 과 출신.』

"정말요?"

『그래. 근데 이름이 뭐냐? 자대 출신이면 내가 아는 선배일 수도 있어.』

2장. 사랑의 밑밥은 언제나 감금

선배? 피영구 선배의 선배일 수도 있으려나? 그렇게 앳된 얼굴이?

"은아연 교수님이요."

『은아연?』

"네."

『아…. 은아연…?』

피영구 선배의 목소리가 작아졌다.

"아는 분이세요?"

『알지…. 후배야. 학교 같이 다녔어.』

"잘됐다! 어땠어요!? 아니, 이분이 자기 얘기는 하나도 안 하시고 차갑게…."

『그거야.』

"네? 뭐가요?"

『차갑다고. 그것도 졸라.』

"아…."

『너 긴장해야겠다. 어떡하냐, 사람 잘못 만난 거 같은데.』

"그 정도예요?"

『그 정도야. 걔가 예전에 너희 연구실에서 학부 연구생 했었어. 그러다가 미국으로 유학 갔고. M.I.T로.』

"M.I.T요!?"

『그래. 걔가 거길 어떻게 갔겠어? 졸라 차갑고 독했으니까 그런 거겠지.』

M.I.T 출신이라니…. 그래서 아까 M.I.T 얘기를 하신 건가?

"그런데요…. 궁금한 게 하나 있는데요…."

『뭔데?』

"그분 몇 살이세요…?"

이 질문에 피영구 선배는 잠깐의 정적을 유지했다. 그러나 마침내 답변이 들려왔을 때, 나는 그 이유를 직감할 수 있었다.

『서른하나.』

"서른하나요!?"

서른하나!? 아무리 조교수라고 해도 서른하나에 대학교 교수가 될 수 있나? 피영구 선배는 지금 서른다섯에도 아직 박사과정인데.

『나랑 네 살 차이였으니까, 맞을 거야.』

그러면 나랑도 네 살 차이인데.

『근데 되게 빨리 왔네. 가능한가….』

피 선배의 목소리는 점점 작아졌다.

『아무튼, 철아. 너 걔 조심해. 안 그러면 정말 피 볼지도 모른다. 수고해라.』

"네, 선배."

이렇게 전화는 끊겼다. 나는 멍하니 허공을 응시했다. 은아연 교수님…. 생각보다 어마무시한 분이셨다.

통화를 마치고 어찌저찌 시간을 보낸 뒤 다시 호랑이 노인 아니, 은 교수님 아버지에게 가서 샘플을 받았다. 다행히 별말씀은 없으셨다. 그렇게 다시 학교로 돌아가려고 문래역 플랫폼에서 지하철을 기다렸다. 이제 슬슬 퇴근 시간이라 역 내부에는 아까보다 사람들이 많아졌다.

그런데 갑자기, 항공사 승무원 한 분이 캐리어를 끌고 와서는 내 옆에 섰다. 동대문 근처에서는 한 번도 본 적 없는 분들이었다. 이 동네는 공항이랑 가까워서….

"아, 맞다!"

이때, 갑자기 뭔가 스치듯 떠올랐다! 이번 주 제주도 학회! 강무광 교수님으로 되어 있는 비행기 티켓을 변경해야 했다. 저 승무원분 없었으면 큰일 날 뻔했다. 근데 그러려면 은아연 교수님 개인 정보가 필요한데…. 나는 휴대전화를 들었다.

"네, 교수님. 이번 주 제주도 학회요. 비행기 티켓을 재구매해야 하는데…."

『제가 직접 할게요. 시간이랑 항공사만 알려줘요.』

"아, 네. 알겠습니다."

그래도 편하네. 강무광 교수님은 처음부터 끝까지 다 나한테 시키셨는데.

나는 만족스러운 얼굴로 강무광 교수님의 비행기 티켓을 취소한 뒤, 해당 정보가 담긴 화면을 캡처해서 은아연 교수님께 보냈다.

- 딩동딩딩동♬ 딩동딩딩딩♬

때마침, 지하철 들어오는 소리가 들렸다. 나는 한 걸음 물러나 멍하니 지하철이 들어오는 모습을 바라봤다. 수많은 사람이 내 눈앞에서 스쳐 지나갔다. 그런데 그때.

- 촤학!

갑자기 조명이 켜지는 소리가 들리더니 지하철이 멈췄다. 실제로 멈춘 건 아니고 그런 것 같다는 뜻이다. 그리고 강력한 한 줄기 빛이 내려와 지하철 안에 있는 누군가의 얼굴을 비췄다.

"설마…."

나는 본능적으로 느꼈다. 그녀는 약 9년 만에 본 내 첫사랑 목현희였다. 이 찰나의 순간이 지나자 지하철은 다시 원래의 속도로 움직였고 조명은 사라졌다.

이내 지하철은 멈췄다. 그리고 수많은 사람이 쏟아져 내렸다. 나는 본능적으로 고개를 쭉 내밀고 내리는 사람들의 얼굴을 하나하나 확인했다. 만약에 그녀가 내리지 않았다면 이 지하철을 타고….

"저기 있다!"

그녀는 내렸다. 저 앞에 목현희는 계단을 오르고 있었다. 그러나 순간적으로 쏟아져 나온 인파들은 모두 나에게 등을 돌린 채 내가 그녀에게 다가가는 것을 막았다.

어떻게든 올라온 탑승 게이트에서도 나는 미친 듯 고개를 돌렸다. 그녀를 찾아야만 했다. 그리고 7번 출구로 나가는 그녀의 옆모습을 발견했다. 방금 내 눈앞을 스쳐 간 그녀가 맞았다. 9년 만에 봤지만, 검은 롱패딩을 입은 그녀는 여전히 완벽했다.

나는 곧장 그녀의 뒤를 따랐다. 이대로 다시 문래역을 나갔다가 들어오면 지옥철을 경험하며 학교로 돌아가야 했지만, 상관없었다. 지옥철이 아니라 지옥에 간다고 해도…. 까진 아니지만, 목현희와 한 번 더 대화를 나눌 수만 있다면 웬만한 고통쯤은 참을 수 있었다. 남자에게 있어서 첫사랑은 완벽함 그 자체이자 신화 속에만 존재하는 여신이 현실로 직접 내려온 희대의 사건이기 때문이다. 과연 누가 이 완벽한 희대의 사건을 그깟 지옥철 때문에 놓치고 싶겠는가.

나는 빠르게 달려서 7번 출구 밖으로 나왔다. 잠깐 역 안에 들어갔다 나왔을 뿐이었는데 어느새 날은 어두워지려고 했다. 그런데.

"안 돼…."

검은 롱패딩이 너무 많았다. 그래도 포기할 수 없었기에 나는 고개를 돌려가며 검은 롱패딩을 입은 사람 한 명 한 명의 얼굴을 확인했다.

"헥, 헥."

그렇게 좋지 못한 체력으로 한 사람씩 확인하다 보니 어느덧 문래공원 사거리가 보였다. 그리고 그때 발견했다. 횡단보도를 걷고 있는 그녀를! 그래서 나는 뛰었다.

"헥헥헥헥!"

하지만 내 허벅지는 약했다. 그래서 빨간불에 멈출 수밖에 없었고 그녀가 음식점들이 많은 철공소 블록 그러니까, 형형색색의 야생화가 정돈되지 않은 채 핀 들판 같은 블록의 골목으로 들어가는 모습을 바라볼 수밖에 없었다.

 신호가 바뀌자마자 나는 또다시 뛰었고 이 문래동 골목을 또다시 뒤졌다. 이제 두 번이나 온 곳이어서 그나마 익숙했지만, 어느새 사람들이 많아져 있었다. 그래서 그녀를 놓쳤다.

 "하아…."

 허무했다. 분명 그녀는 목현희가 맞았다. 그냥 인사나 한번 해보고 싶은 것뿐이었다. 나는 이 형형색색의 야생화가 핀 블록 한가운데에서 한숨을 내쉬며 발길을 돌렸다. 그 사이, 어느덧 해는 저물고 날은 어두워져 있었다. 그런데.

 "어?"

 주변을 둘러봤다. 어둠이 내리자 이 문래동은 완전히 바뀌어 있었다. 형형색색의 야생화들은 조명이라는 꽃을 피웠고 이미 예뻤던 간판들은 새로 태어난 것처럼 훨씬 더 예뻐졌다. 그리고 무엇보다, 사람들의 활기가 이 골목들을 채우며 황량했던 들판을 위로했다. 해가 떠 있을 때와 저물었을 때의 문래동은 완전히 다른 곳이었다.

 "와하…."

 이 모습을 보자 나도 모르게 입이 벌어졌다. 뭔가 새로운 실험 데이터를 확보했을 때의 느낌이었다. 그러고는 천천히 이 골목들을 걸었다. 어쩌다 목현희와 마주칠까 하는 생각도 있었지만, 그냥 이 거리를 걷는 게 좋았다.

 지난번에 나는 이곳을 '도시 개발의 공식을 완전히 무시해 버리는 조합'이라고 생각했었다. 그런데 아니었다. 이건 어쩌면 새로운 공식일 수도 있었다. 적어도 대전에선 이런 곳을 못 봤으니까. 그런데 그때.

"하이! 여러분!"

갑자기 어떤 남녀가 두 손을 꼭 붙잡고 허공에다 손을 흔들었다. 아, 자세히 보니 찍어주는 사람이 있었다. 커플 유튜버인가?

"오늘은 저희 '하늘밤 커플'이 문래에 왔어요! 요즘 여기에 맛집이 많이 생겼다길래 저희가 직접 확인해 보려고요!"

"자, 그럼 오늘도 하늘밤!"

두 사람은 카메라를 보고, 서로의 허리를 끌어안은 채 남은 팔로 커다란 하트를 만들었다. 그리고 몇 초 뒤.

"컷! 가자."

카메라를 든 사람이 사인을 주자 허리를 끌어안았던 두 사람은 이젠 두 손을 잡은 뒤 남자의 패딩 주머니에 그 두 손을 집어넣고 다른 곳으로 이동했다.

"부럽다."

그들이 시야에서 사라지자 내 입에서 저절로 나온 말이었다. 솔직히 아무리 내가 지금 당장 누군가와 사귄다고 해도 커플 유튜버는 못 할 것 같았지만, 그냥 두 사람이 서로 사랑하는 게 부러웠다. 저들은 적어도 짝사랑은 아닐 테니까.

그들이 떠나고 주변 골목을 더 돌아봤다. 그러다 문득 방금 본 장면이 떠올라서 왼쪽 패딩 주머니에 내 왼손과 오른손을 같이 넣어봤다. 확실히 따뜻했다.

나는 이렇게 바뀐 문래동 골목을 한참 걷다가 퇴근길 지옥철 시간을 넘긴 뒤 학교로 돌아왔다. 돌아오는 길에 하늘밤 커플 유튜브를 보면서 왔는데 이들은 주로 맛집을 소개하고 있었다. 얼마나 행복할까. 사랑하는 사람과 같은 일을 하면서 산다는 게.

학교에 도착할 때쯤엔 목현희도 생각났다. 어쨌든 내가 문래를 서성인 건 전부 그녀 때문이었으니까. 그렇게 목적을 달성하지 못한 아쉬움을 애써 묻어두고 샘플을 측정한 뒤 보고서를 만들었다. 이때는 밤 10시였다.

그래도 오늘은 월요일이었다. 지난주부터 시작한 로맨스 드라마를 보는 날. 1화에서 이 두 남녀는 악연을 맺었다. 당연히 2화의 첫 부분에선 다신 보지 말자며 헤어졌다. 하지만 내가 누구인가. 로맨스 공식의 전문가 아닌가. 이제 이들은 우연히 다시 만나 서로에게 측은지심을 느낄 거다. 이것이 바로 사랑이 시작되기 전의 밑밥!

그리고 이 밑밥은 언제나 남녀 주인공이 어딘가에 감금당한 채 진행된다. 병원이나 회사 안, 심지어는 우주선 안에서까지. 그래야 악연이 있어도 강제로 대화를 시작할 수 있으니까. 그래야 서로에게 측은지심을 느낄 테고.

내가 이것을 모두 알고 있음에도 로맨스 드라마를 보는 이유는 작가가 얼마나 창의적인 곳에 두 남녀를 가두는지 궁금해서다.

오늘 이들이 갇힌 곳은 고장 난 호텔 엘리베이터 안이었다. 뻔했다. 그래도 용서해 줄 만한 건 이 엘리베이터는 시내의 야경이 모두 보이는 유리창 엘리베이터였고 멈춘 곳도 최고층이었다는 거다. 드라마 속 주인공들은 갇혀도 어쩜 저리 예쁜 곳에만 갇히는 건가. 심지어 예쁜 배경음악까지.

그렇게 서로에 대해 측은지심을 느끼며 악연이 어느 정도 해소된 남녀 주인공은, 원래부터 가지고 있던 각자의 이유로 다시 갈라졌다. 남자는 어디론가 멀리 떠났고, 여자도 잘살았다. 어차피 이뤄질 거면 빨리 이뤄주지. 왜 굳이 시간을 끄는 거야.

다음 날. 일어나 보니 은아연 교수님에게 문자가 와 있었다.

    [아침에 철공소 가서 샘플 만들어요.

  아버지가 이번 주 아침 시간은 비워주신다고 하니까.]

약간 당황스럽기도 하고 부담스럽기도 했지만 일단 고맙다는 답장은 보냈다. 그렇게 화요일 오전 9시. 문래동 철공소에 도착했다. 오늘따라 철공소로 들어가는 골목이 더 예뻐 보였다. 그런데.

"어? 안녕하세요."

"일찍 왔네요."

은아연 교수님이었다. 교수님 아버지는 안 계셨다.

"교수님이 여기 왜…."

"오면 안 되나?"

"아니요! 그런 게 아니고 그냥…."

"나도 실험하는 게 있어요."

교수님이 직접 실험을 하신다니 거리감이 확 좁아진 느낌이었다. 보통 교수님들은 궁금한 게 있으면 대학원생들 시키니까.

"혹시 어떤…."

"말하면 웃을 텐데."

"제가 어떻게 웃겠어요. M…."

순간, 내 입에서 'M.I.T 나온 분의 실험을'이라는 말이 이어질 뻔했다. 그런데 그러면 내가 교수님 뒤나 캐는 사람처럼 보일 것 같았다. 아직 교수님이 직접 M.I.T 출신이라고 언급한 적이 없으셨으니까. 그래서 나는 머리를 굴려 변화구를 던졌다.

"M…. 파이어 스테이트 빌딩도 못 가본 놈이."

이게 내 최대치였다. 이미 '엠'이라는 음절을 내뱉은 이상 다른 게 떠오르지 않았다. 그런데.

"훗."

교수님이 웃으셨다. 조금 더 정확히 말하자면 실소였다. 어이없어서 나오는 웃음.

- 두근!

그런데 이때 내 심장도 웃었다. 이쯤 되니 짜증 났다. 이 사람은 애초에 나랑 이뤄질 수 없는 사람이다. 물론 궁합도 안 본다는 네 살 차이라는 아주 작은 바늘구멍이 있었지만 그래도….

"갑자기 엠파이어 스테이트 빌딩이 왜 나와요."

"아…. 그게 아무래도…. 엠파이어 스테이트 빌딩은 미국 철강 산업의 절정을 보여준 그런 건축물이다 보니…."

"그래서 가보고 싶었어요?"

"네…."

도대체 내가 지금 무슨 말을 하는 거지. 엠파이어 스테이트 빌딩에 대해 알지도 못하는데. 빨리 화제를 돌려야 했다.

"그런데 교수님은 어떤 실험 하고 계신 거예요?"

"합금이요. 철 아연 합금."

"네?"

순간, 나는 내 귀를 의심했다. 그래서 한 번 더 여쭤봤다.

"그러니까…. Iron(철)이랑 Zinc(아연)요?"

"거봐요. 내가 웃을 거라고 했잖아."

"아니요. 저는 하나도 안 웃겨요."

철과 아연. 이 두 금속은 사실상 합금이 불가능한 것으로 알려져 있었다. 녹는점의 차이 때문이다. 합금이 되려면 두 금속은 특정 온도에서 동시에 액체 상태가 되어야 하는데 철과 아연은 그게 불가능했다. 철이 액체가 되는 점 즉, 철의 녹는점은 1,538°C이지만, 아연은 끓는점 그러니까, 기체가 되어 날아가는 온도가 907°C였다. 철이 액체가 되는 1,538°C에서 이미 아연은 사라진 상태라는 의미였다.

아마 이런 이유로 웃지 말라고 하신 것 같았다. 설마 내 이름이 철이고 교수님 이름이 아연이라서 웃지 말라고 하신 건 아닐 거다. 그런 원초적인 이름 유머를 구사할 만한 사람 같진 않았다.

"혹시 아연이 미량으로 첨가되는 건가요?"

"아니요. 스테인리스 만들 때 철에 크롬 몇 % 들어가요?"

"최소 10% 이상…."

"나도 그 정도."

"그게…. 합금이 되나요? 철에 아연도금은 많이 하지만…. 아예 합금은…."

"그래서 되게 해보려는 거죠. 그래서 실험하는 거고."

"아…."

"그런데 오늘은 실패네요. 철 씨도 실험할 거죠? 줘 봐요. 내가 해줄 테니까."

"네…."

교수님은 그렇게 샘플을 만들어주곤 사라지셨다. 그런데 아무리 생각해 봐도 이해가 되진 않았다. 철과 아연을 합금한다고? 그냥 미량 첨가물 정도가 아니라 아예 합금? 이건 공식으로 정해진 건데. 합금은 사실상 불가능하다는.

그래도 오늘 하나 건졌다. 교수님이 웃으셨다는 거. 그게 실소여도 상관없었다. 누군가를 웃긴다는 건 참 좋은 일이니까. 그래서 솔직히. '같이 가요'라고 말하고 싶었다. 하지만 교수님은 그냥 떠나셨다. 조금만 더 기다렸다가 커피나 한잔 같이해주시지. 뭐가 그렇게 바쁘다고. 내가 사랑 고백할 것도 아닌데. 그냥 조금…. 아주 조금이라도 친해져 보자는 것뿐인데.

시간은 빨랐다. 어느새 제주도 학회로 떠나는 목요일 아침이었다.

[오전 11시 비행기입니다.

내일 오전 10시에 김포공항에서 뵙겠습니다.]

교수님과의 첫 미팅 때 학회 일정에 관해 말씀드린 적은 있었지만, 혹시나 해서 어제저녁에 한 번 더 이 문자를 보냈다. 시간 약속 어기는 거 싫어하신다니까.

오전 10시. 교수님과 김포공항 체크인 카운터 앞에서 만났다. 우리는 가벼운 인사만 하고 신분증을 꺼내 담당 직원에게 보여줬다. 그런데, 우리의 신분증을 받은 직원의 표정이 이상해졌다.

"고객님…."

"네."

"이 비행기…. 벌써 출발했는데요."

"네!?"

이때, 나는 신비한 오싹함을 느꼈다. 죽음을 직감한 사람이 느낄 만한 느낌이랄까.

"이 비행기, 11시 도착 비행기예요."

11시 출발이 아니라 11시 도착이라니!

"그러면 혹시…. 제일 빠른 비행기 티켓으로 변경할 수 있을까요?"

"잠시만요…."

뒤에 있는 교수님은 아무 말도 하지 않으셨다. 그래서 그게 더 무서웠다. 시간 약속 못 지키는 걸 가장 싫어하는 사람 앞에서 시간 약속을 못 지키는 현장을 그대로 보여주는 것은 배고픈 호랑이 앞에서 닭 한 마리를 들고 있는 것과 같은 수준의 공포였다.

"가능하세요. 대신, 수수료가 나오는데 괜찮으세요?"

"네. 해주세요."

"알겠습니다. 10시 40분 비행기라서 빨리 가시면 될 것 같네요."

"감사합니다."

그나마 다행이었다. 한고비는 넘긴 것 같았다. 그래도 나는 교수님의 얼굴을 차마 볼 수 없었다.

"죄송합니다, 교수님."

"괜찮아요. 내가 확인 못 한 잘못도 있으니까."

막상 이렇게 말씀은 하셨지만, 내 속은 뒤집어질 것만 같았다. 아니 어떻게 도착 시간이랑 출발 시간을 헷갈릴 수 있는 거지.

그래도 다행히 제주도엔 도착했다. 예정 시간보다 한 시간은 더 흘러갔지만 그래도 괜찮았다. 이 정도면 학회 시작 시간은 맞출 수 있었다.

우리는 차 한 대를 빌려서 학회가 열리는 '더 슈프림 호텔'에 도착했다. 그러고는 발렛파킹을 맡긴 뒤 빠른 발걸음으로 호텔 로비로 들어왔다.

"그랜드 홀에서 열린다고 합니다."

교수님은 묻지 않으셨지만 내가 그냥 대답했다. 그런데.

"하아…."

이 호텔에 그랜드 홀은 없었다. 나는 눈을 질끈 감고 아주 아주 작게 깊은숨을 내뱉었다. 그리곤 휴대전화를 꺼내 학회 초청 메일을 자세히 읽었다. 그곳엔 분명히 '더 슈프림 호텔…'이라고 쓰여있었다. 뒤에 '…라마스.'가 붙은 것만 제외하고는 말이다. 아니 누가 호텔 이름을 '더 슈프림 호텔 라마스'라고 짓나!

"죄, 죄송합니다, 교수님. 다른 호텔인 것 같습니다."

나는 이제 고개는 물론이고 어깨조차 들 수가 없었다. 교수님이 어떤 표정인지도 몰랐다. 차라리 쌍욕이 나왔으면 했다.

"괜찮아요. 거기로 가요."

그런데 교수님은 형식적인 말씀만 하셨다. 얼마나 화가 나셨을까.

결국, 우리는 한 시간이나 늦게 학회장에 도착했다. 더 슈프림 호텔 라마스의 그랜드 홀은 대략 20개 정도의 원형 테이블들로 가득 차 있었고 각 테이블당 10개의 의자가 있었다. 이미 세션이 시작된 뒤에 들어온 나와 교수님은 눈치를 보며 앞자리로 가서 앉았다. 이상하게 맨 뒷자리는 모두 다 차 있었다.

만약에 내가 비행기 시간이든 호텔 이름이든 둘 중 하나만 제대로 확인했다면 일정에 차질이 생기진 않았을 거다. 그래서 나는 학회에서 교수님들이 저마다의 성과를 발표하는 내내 고개도 들지 못했다. 아니, 들 수 없었다.

복잡한 생각으로 침체와 우울을 겪고 있는 사이, 오후 5시가 됐다. 총 2박 3일 중 첫날 일정이 모두 끝나고 만찬 시간이 됐다. 그러자 요리사분들이 들어와서 순식간에 이 그랜드 홀을 뷔페로 만들었다.

나는 교수님 옆에서 깨작깨작 밥을 먹었다. 호텔에서 나온 최고급 요리였지만 내 배로는 잘 들어가지 않았다.

그래도 끝은 있었다. 밥을 다 먹은 사람들은 하나둘 학회장을 빠져나갔다. 나와 교수님도 차를 타고 숙소로 이동했다. 돈 많은 연구실들은 그냥 이 호텔에 묵었겠지만 우린 아니었다. 그래서 우리는 이 호텔에서 조금 떨어져 있는 작은 펜션에….

하아…. X됐다. 진짜 X됐다! 숙소를 안 바꿨다! 내가 평소에 이런 말을 쓰는 사람이 아닌데, 지금 내 상황을 이 말만큼 잘 표현한 어휘는 없었다.

원래는 출장비 아낄 겸 강무광 교수님과 한방에서 자기로 했었다. 그런데 지금 내 옆에 있는 분은 은아연 교수님이다! 오늘 나 진짜 왜 이러냐! 비행기 티켓 바꿀 생각은 했으면서 왜 이 생각은 못 했던 거냐!? 이건 또 어떻게 말해야 하는 거냐! 크아! 진짜!

나는 절망했다. 눈에서 눈물도 찔끔 흘러나왔다. 한참 동안 어떻게 말해야 하나 고민하다가 결국 펜션 앞에 다 와서 말했다.

"정말 죄송합니다, 교수님."

할 수만 있다면 이 펜션 앞에 있는 땅바닥을 다 뚫고 지구의 내핵까지 들어가고 싶은 심정이었다.

2장. 사랑의 밀밥은 언제나 감금

일단 나는 내 얼굴을 휴대전화에 파묻은 채 주변에 있는 숙소들을 검색했다. 그런데 제대로 된 숙소들은 방이 다 차 있었다. 게스트하우스가 있긴 했지만, 교수님을 거기로 모실 수는 없었다.

"제가 게스트하우스 가겠습니다. 내일 9시에 모시러 오겠습니다. 죄송합니다."

차 안에는 정적이 흘렀다. 내 인생에서 이렇게 최악인 날이 또 있었을까. 그런데.

"같이 자요."

나는 내 귀를 의심했다.

"연구비 없다며."

"개인 돈은 있습니다. 게스트하우스는 충분히…."

"대학원생이 돈이 어딨다고. 가요, 어차피 가림막 있는 방이라면서."

"그래도…."

"이봐요 김철 학생."

- 철렁!

교수님이 그녀 특유의 중저음으로 내 이름을 차갑게 부르는 순간, 내 가슴은 어딘가에 떨어진 듯 내려앉았다. '이제 드디어 쌍욕이 나오는 건가?' 하며 두 눈을 질끈 감았다. 그런데 정작 교수님이 하신 말씀은 내 예상과는 달랐다.

"나 못 믿어?"

우리는 그렇게 숙소 안에 들어왔다. 아주 작은 거실 양옆으로 아주 작은 두 개의 방이 있는 곳이었다. 다만, 각 방에는 문이 없어서 부스럭거리는 소리, 특히 옷 갈아입는 소리가 너무 잘 들렸다. 화장실도 한 개였다. 일단 교수님이 먼저 샤워를 하셨다.

- 쏴하!

뭔가 이상했다. 그냥 물방울이 사방으로 튀는 소리가 나는 것일 뿐인데 내 얼굴은 시뻘게졌다. 그래서 심호흡을 했다. 정신 못 차리면 어떤 불상사가 일어날지 몰랐다. 그렇게 밤은 깊어졌다. 나와 교수님은 각자의 방에 누웠다. 그리고 우리는 한마디 말도 없이 그대로 잠이 들었다.

다음 날. 어김없이 세션은 시작됐다. 어제보다는 덜 했지만 그래도 나는 죄인인지라 차마 활기차게 여러 교수님의 강연을 듣기는 힘들었다. 결코 지루해서는 아니었다.

『철강 산업, 위기입니다. 다들 아시죠?』

그런데 어떤 교수님의 말씀이 스피커를 통해 울리자, 순식간에 이곳에 모인 200여 명의 사람들이 숙연해졌다.

『건설, 조선, 자동차 산업도 어려운데, 중국이 싼값으로 철강을 무한 공급하고 있어요. 그리고 우리 철강 산업은 탄소 배출이 많습니다. 다들 우리가 기후 위기의 주범이래요. 철광석값도 계속 오릅니다. 어떻게 해야 할까요? 심지어 우리 철강 분야에 대한 정부 지원도 줄어들고 있는데.』

1년에 2,000만 원. 어쩌면 그건 우리 연구실만의 문제는 아닐 수도 있겠다는 생각이 들었다. 마이크를 잡은 교수님은 여러 얘기를 하시다가 결국 이렇게 마무리하셨다.

『고부가가치. 그것만이 대한민국 철강 산업이 살아남을 길입니다. 남들이 해오던 연구를 겨우 조금 바꿔봐야 소용없다는 겁니다. 아예 판을 뒤집을 무언가가 그 어느 때보다 필요합니다.』

솔직히 이분의 강연은 결국 뻔한 얘기로 마무리됐지만, 이때 처음으로 '내가 스테인리스를 연구하는 게 잘한 일일까?'라는 생각이 들었다. 은아연 교수님이 왜 스테인리스 스틸 연구하냐고 물으셨던 것도 생각났고.

그렇게 또 5시가 됐다. 그리고 어제와 똑같은 요리사분들이 와서 똑같은 메뉴를 늘어놓았다. 그리고 나는 또 어제처럼 똑같이 깨작거렸다. 그런데 그때.

"어? 아연이?"

누군가 은 교수님에게 말을 걸어왔다.

"선배!"

그러자 교수님이 해맑게 웃으며 일어나셨다. 왜 저 해맑은 웃음은 나에게 보여주지 않으셨던 걸까. 심지어 두 손을 맞잡고 악수까지.

"잘 지냈어요? 오랜만이다. 거의 6년 만인가?"

"졸업하고 못 봤으니까, 그 정도 됐겠지? 너 많이 예뻐졌다. 소식은 들었어."

"제 소식을요?"

"어. 형한테 들었지. 이태우가 내 형이잖아. 친형. 한국 왔다는 소식도 들었어."

"아, 그렇구나. 선배는요? 잘 지내요?"

심지어 목소리까지 하이톤으로 바뀌셨다. 태생부터 중저음인 줄 알았는데. 왜 이렇게 짜증 나지? 그러면 안 되는 상황인데.

"나는 지금 취업해서 잘 다니고 있어."

이 키 크고 어깨도 벌어졌지만 나보다 확실히 못생긴 의문의 남자는 지갑에서 명함을 꺼내 교수님께 전달했다.

"디에스코? 구매 기획팀장? 선배 성공했네요."

"성공은 무슨. 구매 기획팀 되게 작은 팀이야."

"구매 기획이 얼마나 중요한데! 원가 절약의 핵심이잖아요."

이때 기가 확 죽었다. 이 의문의 남자는 비록 나보다 못생겼어도 이미 내 꿈을 이룬 사람이었다. 그런데 갑자기 왜 잘생겨 보이냐. 더 짜증 나게.

"너는? 어떻게 지내?"

"저는 우리 학교 조교수 됐어요."

"그래? 잘됐다!"

"여기는 우리 방 대학원생. 인사해요, 김철 씨."

교수님은 갑자기 웃는 얼굴로 나를 일으켜 세우셨다.

"안녕하세요. 금속 재료 연구실 김철입니다."

"그래요, 반가워요. 나는 디에스코 구매 기획팀장 이채우라고 해요."

심지어 이름까지 세련됐네.

"나중에 디에스코에서 봤으면 좋겠다. 그런데 잠깐만, 금속 재료 연구실? 그러면 강무광 교수님 방 아닌가?"

"맞아요."

은 교수님이 작은 목소리로 말씀하셨다.

"교수님 사임하셔서 제가 대신 왔어요."

"사임? 이게 무슨 일이야…. 잠깐만, 너 여기서 계속 밥 먹을 거지?"

"네."

"기다려. 나도 여기로 자리 옮길게."

그렇게 이채우라는 수놈은 우리 은 교수님 옆에 찰싹 달라붙어 대화를 이어갔다. 주로 두 사람의 대학 시절 얘기였다. 특히, 그들이 학교를 다니던 시절엔 기숙사가 없어서 학교 근처에서 자취하며 낭만을 즐겼다는 얘기를 길게 했다.

"근데 우리 김철 학생은 집이 어디신가?"

"저도 지금은 학교 근처 원룸 구해서 살고 있습니다."

"그러니까, 집이 어디냐고 묻잖아요. 답답하네."

"학교 정문 언덕에 있는…."

"허허. 지금 그 집이 아니라 고향이 어디냐고 묻는 거예요. 이 양반도 참."

"아…. 고향은 대전입니다."

"그래요? 그러면 학부 때는 기숙사 살았겠네. 감사한 줄 아세요. 그 기숙사 전부 우리 등록금으로 만든 거야."

"저…. 학부는 대전에서 나왔습니다."

이때, 이 수컷의 표정이 변했다. 우쭐대던 표정에서 어이없다는 듯한 표정으로.

"그럼 우리 수도대학교에 학력 세탁하러 온 건가?"

나는 딱히 반박하지 못했다. 틀린 말은 아니었으니까.

"선배. 그래서 선배 회사는 좀 어때요?"

"우리 회사?"

"네. 아까 저 교수님이 그러셨잖아요. 철강 산업 안 좋다고."

"저 교수님, 업계를 모르고 하시는 말씀이야."

집에 가고 싶었다. 나는 어제부터 오늘까지 계속 교수님에게 망신을 줬다. 어제는 내가 글자를 잘못 봐서. 방금은 그냥 내 존재만으로. 지금 내가 여기에서 할 수 있는 것은 그저 사람들이 빨리 밥 먹고 나가기를 기다리는 것뿐이었다.

"아연이 내일도 있나?"

"네. 오전에 마무리하는 거 보고 가려고요."

"그럼 나가서 한잔하자. 오랜만에 만났는데."

"선배는 일행 없어요?"

"있는데 다 밑에 애들이야. 그냥 무시해도 돼. 나가자. 제주도까지 왔는데."

"철 씨는…."

"저는 그냥 숙소 가겠습니다. 몸이 안 좋아서요."

나는 저 재수 없는 수퇘지의 말을 더 듣고 싶지 않았다.

"그래. 세탁기는 돌려보내고 우리끼리 한잔해. 네 얘기도 좀 해주고."

잠시 후, 나는 혼자서 숙소로 돌아왔다. 교수님과 그 새끼는 결국 밖으로 나갔다.

나는 실패자였다. 모든 면에서 그랬다. 그리고 세상은 나 같은 실패자에게 잔인했다. 모든 게 부정당하는 느낌이었다. 내가 이제까지 만들어 온 공식도 다 무의미한 것처럼 느껴졌다. 취업의 공식, 로맨스의 공식. 모든 것들의 공식들이 말이다. 그래서 나는 펜션 밖으로 나갔다. 그래도 달빛은 날 위로해 줄 것만 같아서였다. 그런데 아니었다. 저 새끼도 한쪽 입꼬리를 치켜세운 채 나를 비웃고 있었다. 그런데 그때.

"뭐해요, 여기서."

"아! 씨발 깜짝이야!"

나는 경기를 일으키며 뒤를 돌아봤다.

"씨발?"

은아연 교수님이었다.

"아니, 아니요! 죄송합니다! 저도 모르게 그만…."

"됐고. 여기서 뭐 하냐고요."

"그냥…. 저는…."

은 교수님은 고개를 돌려 달빛을 바라봤다.

"풍경이 좋긴 한데, 추워요. 들어가요."

"그새ㄲ…. 아니! 그 이채우 팀장님이랑 같이 한잔하기로 하신 거 아니세요?"

"재미없어서 그냥 왔어요. 필요한 정보는 들을 만큼 들었고. 빨리 들어가요. 아까 밥도 잘 못 먹던데."

- 부스슥.

교수님은 검은 비닐봉투를 들어 올리셨다.

"먹을 거 좀 사 왔으니까."

우리는 곧장 숙소로 걸었다. 이게 지금 무슨 상황이지? 교수님이 내가 깨작거린 것도 알고 계셨다니. 그래서 먹을 걸 사 오셨다니. 교수님은 숙소에 도착하자마자 봉투를 거실에 내려놓고 방으로 들어가셨다.

- 부스럭.

그리고 잠시 후, 옷 갈아입는 소리가 들려왔다. 나도 일단 방으로 들어가 편한 옷으로 갈아입은 뒤 다시 거실로 나왔다. 그냥 평범한 긴팔에 반바지였다.

"앉아요."

그런데.

- 두근!

옷을 갈아입고 나오신 교수님을 보자, 내 심장은 다시 요동쳤다. 질끈 올려묶은 머리에 동글뱅이 안경. 펑퍼짐한 반팔 티셔츠와 무릎까지 내려오는 반바지까지. 영락없이 로맨스 드라마에 나오는 백수녀 복장이었지만 현실 속 그녀는 꽃미녀 청순녀 선녀였다. 심지어 그녀의 갈라진 전완근마저도 내 마음을 녹였다. 이제 부인할 수 없었다. 어쩌면 내 이상형은 웃을 때 매력적인 팔자주름을 가진 사람이 아닐지도 몰랐다.

"뭐 좋아하는지 몰라서 대충 사 왔어요."

검은 봉투에는 과자들이 쌓여있었다. 내가 좋아하는 땅콩 과자도 있었다.

"술은 마셔요?"

"아, 저는 맥주만 조금…."

"잘됐네. 나도 맥주."

- 탁!

교수님은 나에게 맥주캔 하나를 따서 주셨다. 뭐지? 이 꿈만 같은 상황은. 그러나 아직 긴장의 끈을 놓을 순 없었다. 내가 잘못한 게 워낙 많으니.

"죄송합니다, 교수님. 어제부터…."

"괜찮아요. 어제도 말했지만 내 잘못도 있으니까."

"그래도…."

"한 번만 더 그 얘기 하면 얼굴에 맥주 뿌려버릴 겁니다."

"아! 네…."

그래. 이건 꿈이 아니라 현실이다. 현실 속 그녀는 저렇게 차가운 사람이다.

"아까도…."

"아까는 또 뭐요."

"이채우 팀장님…."

"이채우 선배가 뭐요."

"제가 그분 앞에서 교수님 망신시켜드린 것 같아서…."

"아이! 진짜!"

교수님이 소리치셨다.

"자꾸 술맛 떨어지게 할래요? 앞으로 내 앞에서 죄송하다는 말 한 번만 더 하면 맥주로 이마를 그냥…!"

"아, 네. 죄송…. 아니! 아니, 아니…. 그…. 알겠습니다."

"이거나 먹어요."

"네…."

우리는 말 없이 맥주를 마셨고 과자를 먹었다. 교수님은 이 상황이 어색하셨는지 휴대전화로 작게 음악을 트셨다. 어느 아이돌들이 부른 빠른 템포의 음악이었다.

"미안해하지 말아요. 김철 씨는 이제 내 사람이잖아. 나는 내 사람이 그렇게 주눅 들고 그러는 거 싫어요."

내 사람…? 내 사람이라고!?

"사람은 누구나 실수할 수 있어요. 나는 뭐 실수 안 하나? 다해, 실수. 근데 그 기억 계속 가지고 있으면 트라우마 돼요. 그러면 김철 씨, 다시는 제주도 못 올걸?"

교수님은 지금 나를 위로해 주고 계셨다. 이때, 거실에 있는 커다란 창문으로 달빛이 보였다. 이제 보니 저 새끼는 날 비웃는 게 아니라 미소 짓고 있었던 거였다. 오해해서 미안하다, 달아.

"그리고 아까 그 이채우 선배. 그 사람이 원래 예전부터 입이 좀 걸었어. 그건 내가 대신 사과할게."

심지어 나한테 사과까지. 이틀 동안 내 어깨를 짓누르던 그 모든 것들이 사라졌다. 끙끙 앓았던 허리 디스크 통증이 한순간에 사라진 기분이었다.

"근데 웃긴 건 있잖아. 항상 위에 있는 사람들은 대부분 입이 거친 사람들이더라고. 회사든 학교든 어디든. 이것도 공식 같은 건가."

나는 마음이 좀 편안해졌다. 교수님이 일부러 그렇게 해주신 것이 분명했다. 그래서 장난을 좀 쳐보기로 했다.

"그러고 보니 교수님도 입이 좀…."

하지만 이건 내 실수였다. 매섭게 변한 교수님의 표정을 본 나는 당장 내 두 눈을 깔았다. 그렇게 잠시 어색한 정적이 지나갔다.

"김철 씨."

"네, 교수님."

"이왕 이렇게 된 거 그냥 말 편하게 해도 되죠? 어차피 내가 누나잖아."

"그럼요! 편하게 하세요."

"그래. 근데 김철."

"네, 교수님."

"너 진짜, 스테인리스만 계속할 거야?"

교수님은 화가 나지 않으셨다. 다행이다. 이제 이곳은 적절히 편안한 분위기에 적절한 일 얘기를 하는 공간으로 바뀌었다. 그래. 교수님과 한방에 갇혀서 이런 얘기를 하는 것만으로도…. 잠깐, 갇혀? 감금? 어쩌면 지금 나랑 교수님은….

"김철!"

"네! 교수님."

"왜 자꾸 집중을 못 해?"

"죄…. 아니, 집중하겠습니다."

"내가 입이 거친 게 아니라 네가 날 짜증 나게 한다고, 지금."

"아니요. 그러니까, 그…. 제가 스테인리스만 계속하려는 건 아니고, 그게 그냥 해온 거다 보니까…."

"그래. 어차피 우리 연구실 연구과제가 그것밖에 없으니까 계속하긴 해야겠지만, 철 아연 합금도 같이할 생각 없어?"

철 아연 합금.

- 뚜끈!

이때 내 심장은 또 요동쳤다. 처음 교수님이 이 얘길 하셨을 땐 아무런 의미가 없다고 생각했다. 그런데 지금 이 공기의 무게는 아무 의미가 없지 않았다. 교수님은 지금 나에게 김철과 은아연이 커플이 되어보는 게 어떻겠냐고 제안하신 것일 수도 있었다. 나는 그대로 내 심장을 움켜잡았다.

"저는…. 일단…. 좋습니다. 하, 한번 해보는 것도 나쁘지 않은 것 같습니다."

"이렇게 갑자기? 그때는 평생 스테인리스만 할 것처럼 말하더니. 그래. 잘 생각했어. 아까 그 교수님이 얘기했잖아. 고부가가치 재료 만들어야 한다고. 철 아연 합금이 그 정답이 될 수도 있어. 만약에 이게 성공하면…."

지금 내 귀에 교수님의 말씀은 들리지 않았다. 난 그냥 넋 놓고 빠르게 움직이는 그녀의 입술만 바라봤다.

불과 몇 분 전까지만 해도, 나는 내가 이제껏 습득한 공식이 무의미하다고 생각했다. 그런데 아니었다. 공식이 존재하는 것은 다 이유가 있었다. 그리고 나는 지금, 며칠 전에 본 드라마 속 남녀 주인공처럼 교수님과 감금당한 채 사랑의 밑밥을 깔고 있었다. 비록 이곳은 드라마에 나오기엔 식상한 펜션이었지만, 그래도 이것은 누구도 부정할 수 없는 사랑의 발전 공식이었다.

그리고 나는 그때 그 드라마를 보며 생각했다. 어차피 이뤄질 거면 빨리 이뤄주지. 왜 굳이 시간을 끄는 거냐고. 그래서 나는 이 순간을 넘길 수 없었다.

"교수님."

나는 최대한 정중히 그녀의 말을 끊었다.

"왜."

"저 밖에 있는 달을 봐주시겠어요?"

"달?"

교수님은 창문 너머로 보이는 초승달을 바라보셨다. 이때, 기가 막히게 음악이 바뀌었다. 달콤한 목소리의 솔로 가수가 부른 사랑 고백 노래였다. 이건 진짜 기회다!

"저는 지금 저 달처럼 아직 많이 비어있는 사람이고, 교수님은 보름달처럼 가득 차 있는 분이지만…. 우리가 하나 되면 슈퍼 문보다 더 큰 달이 될 거예요."

"뭐라는 거야, 갑자기."

이때다.

"사랑해요."

교수님은 잠깐 얼음이 되셨다가 슬쩍 웃으셨다. 심지어 이 웃음은 이채우 그 새끼 앞에서도 보이지 않으셨던 미소였다. 그래! 한 번에 승낙하시기엔 조금 부끄러우시겠지. 그러면 내가 조금 더 편안한 분위기로 만들어야겠다.

"이제부터 저도 말 편하게 할래요. 교수님이라고 안 부르고…."

- 짝!

무언가 번쩍했다. 그리고 나는 그대로 정신을 잃었다. 결코 창피해서 정신을 잃은 척한 건 아니었다.

3장

우연이 두 번이면 그것은 언제나 인연

눈을 떴다. 어느덧 아침이었고 내 방의 하얀 천장이 보였다.

"하아…."

이 장면은 꽤 많은 드라마의 한 장면과 흡사했다. 주인공이 버스나 트럭에 치인 후 2~30년 전 과거의 병원에서 깨어나 하얀 천장을 바라보는 장면. 이른바 '회귀물'이라는 이 장르는 나처럼 후회로 가득 찬 인생을 살던 주인공이 기억을 그대로 가진 채 과거로 가서 사랑을 이루거나 복수하는 그런 내용을 담고 있었다.

그래서 나는 내 몸을 천천히 만져봤다. 혹시나 내가 10년 전으로 돌아간 것인가 해서. 만약 그렇다면 은아연 교수님과의 어젯밤 일은 사라졌을 테고 내 첫사랑 목현희와의 사랑도 시작할 수 있었다. 그래서 일단 일어나봤다.

"끄으…."

온몸이 뻐근했다. 그래. 10년 회귀에 이 정도 고통이라면 받아

들일 만하지.

"아으아."

턱도 돌려봤다. 어제 교수님에게 맞았던 턱은 다행히 아직 붙어 있었다. 그리고 화장실 거울 앞으로 갔다. 10년 전이라면 분명….

"아니네."

그랬다. 아니었다. 거울 앞에 서자 가장 먼저 보이는 건 내 수염이었다. 미세하게 자라서 면도를 하기도 애매하고 안 하기도 애매한 내 수염. 심지어 인중에는 단 한 가닥도 나오지 않아서 그야말로 간사한 이방들에게서나 볼 법한 그런 수염. 10년 전 내 몸엔 없던 것들이었다.

"하아…."

거울을 보며 어젯밤을 떠올렸다. 분명 성장했다고 생각했고 7년간 수련하며 모든 로맨스 공식을 섭렵했다고 생각했다. 하지만 성장과 공식 섭렵은 서로 다른 얘기였다. 나는 아직 은갈치 정장을 입고 소개팅에 나갔던 7년 전 김철이었다. 그나마 그땐 아무것도 몰랐으니 이런 자괴감이 안 느껴졌지만, 이미 많은 걸 알고 있는 상태에서 또 이런 일을 겪고 나니 후폭풍이 거셌다.

교수님은 이미 펜션을 나가셨다. 거실도 모두 정리되어 있었다. 그러고 보니 내가 쓰러진 곳은 거실이었는데 어떻게 들어온 거지? 이런 게 블랙아웃인가.

일단 씻었다. 마지막 학회 일정에 참가해야 했다. 나의 이 자괴감도 물로 씻을 수 있는 거라면 얼마나 좋을까.

- 스윽.

나갈 준비를 마치고 신발을 신었다. 그런데 신발 안에 웬 종이 쓰레기 하나가 들어가 있었다. 교수님이 거실 청소하다가 들어간 것 같았다.

- 훅.

일단 그대로 꾸겨서 쓰레기통에 던졌다.

- 툭.

그런데 이마저도 안 들어갔다.

"내 인생 참…."

나는 다시 거실로 들어가서 이 구겨진 종이를 주워 쓰레기통에 넣었다.

학회장에 도착하니 교수님은 자리에 앉아계셨다.

"안녕하세요, 교수님."

"잘 잤어?"

아 맞다. 어제 교수님이 말 편하게 하기로 하셨지. 나도 그렇게 하려다 맞은 거고.

"네…. 택시 타고 오셨어요…?"

"어."

교수님은 다시 차가워지셨다. 어제저녁에 내가 '사랑해요'만 안 했어도 나는 지금쯤 교수님과 편안한 대화를 하고 있었을 거다. 김철 이 새끼 진짜 어떡하지.

학회의 마지막 날은 오전 일정만 하고 끝났다. 나와 교수님은 말없이 공항으로 향했고 말없이 김포에 도착했다.

"다음 주에 뵙겠습니다."

"그래. 다음 주 아침엔 철공소 가지 마. 써모커플 온다며."

"네…."

다음 주…. 하아…. 다음 주부터 어떤 날들이 펼쳐질까. 벌써 너무 두렵다.

월요일이 됐다. 힘없이 출근했다.

- 위이이잉.

『네. 착한전기로 수리 기사입니다.』

"오늘 오시죠?"

『아이고. 이기 어떡하죠….』

아 진짜, 또 무슨 말을 하려고오!

"왜요!?"

『독일에서 부품 배송을 다른 곳에 보냈다네요. 미국인가.』

솔직히 이쯤 되면 화를 내야 했다. 그런데 내가 교수님께 했던 짓들이 떠올랐다. 그래서 나는 한숨을 내쉬는 대신 오히려 들이마셨다.

"그르믄 은제 오나요. 흔국에."

『저도 잘 모르겠네요. 독일 사람들 참…. 일단 죄송하게 됐습니다.』

3장. 우연이 두 번이면 그것은 언제나 인연

나는 답을 하지 않았다.

『제가 최대한 닦달할 테니까 걱정하지 말고 계세요. 한국 들어오면 만사 제쳐두고 수도대학교로 달려가겠습니다.』

걱정을 어떻게 안 하겠나! 내 실험을 제대로 못 하는데!

"네…."

- 뚝.

짧은 대답 뒤 전화를 끊었다. 내가 먼저 끊었다. 이 정도면 내가 얼마나 화났는지 알아들었겠지. 그런데 이때.

- 철컥.

교수님이 문을 열고 들어오셨다.

"좋은 아침. 용해로는?"

"아…. 그…."

아니 어쩜 이리 타이밍이 잘 맞는 건가.

"방금 연락이 왔는데…. 한동안 못 올 거 같다고 합니다."

"그게 무슨 말이야?"

"배송을 잘못해서…."

내가 잘못한 것도 아닌데 내 목소리는 점점 작아졌다. 은 교수님은 여전히 차가운 표정을 유지하셨다.

"논문 시작할 수 있겠어? 이제 곧 3학기 시작이야. 겨울방학 때 많이 써 놔야 여름방학 때 취업 준비할 수 있어."

맞는 말씀이다.

"이제까지 나온 데이터 보면 방향성은 잘 나오고 있어서 시작할 수는 있는데…. 결론까지 가려면 여러 번 더 해야 할 것 같습니다."

"써모커플은 언제 들어올지 모르고?"

"네."

과연 내 목소리는 어디까지 작아질 셈인가.

교수님은 휴대전화를 드셨다.

"네, 아버지. 한동안 아침에 계속 용해로 좀 써야 할 것 같은데."

『나는 일 안 하냐!? 뭔 놈의 학교에 장비가 없어?』

"그러게요. 부탁 좀 할게요."

『안 돼! 나도 작업 많아졌어! 아침 9시부터 밤늦게까지 써야 한다고!』

"그래요? 그럼 9시 전에 끝내면 되겠네요?"

『뭐?』

"새벽에 가서 9시 전에 끝내면 되겠다고요."

뭐? 새벽?

『그러면 그러든가!』

- 뚝.

"들었지? 내일부터 새벽에 철공소로 출근해."

"아…. 그….'

엎친 데 덮친다는 표현은 이럴 때 쓰는 건 가보다. 새벽 출근이라니…. 일어날 수 있으려나…. 근데 딱히 반박할 수 있는 말은 없었다. 왜냐하면 이건 '내' 일이었기 때문이다.

"왜? 뭐 문제 있어?"

"아니요. 없습니다. 출근하겠습니다."

"철공소 옆에 보면 갈색 화분 하나 있을 거야. 그 밑에 키 있으니까 열고 들어가면 돼."

"네…."

"그런데 가스 방식은 써 봤어? 거기 용해로는 저거처럼 전기 용해로 아닌데. LPG로 돌리는 가스 용해로인데."

"아…. 안 써봤습니다."

"알겠어. 그럼 내일 철공소 앞에서 샘플 들고 6시에 만나."

"네, 알겠습니다."

"그럼 오늘 시간 비니까 논문 전체 프레임워크(Framework) 짜와봐."

"프레임워크요?"

"틀 짜오라고, 틀. 서론, 본론, 결론, 고찰. 아직 결론 안 나왔으면 자기가 예상하는 가설로 대체하고."

"네."

- 철컥.

그렇게 그녀는 떠났고 문은 닫혔다. 평소라면 교수님이 말씀하신 '자기'라는 단어에 꽂혀서 또 실실거렸겠지만, 이제 나는 지난 주의 김철이 아니다. 흠씬 두들겨 맞고 더 단단해진 김철이다. 원래 성장이란 걸 하면 이렇게 씁쓸한 걸까? 이젠 솔직히 내 얼굴이 잘생겼는지도 모르겠다. 어쩌면 그냥 평범한 얼굴일지도.

- 위이이잉.

점심쯤이었다. 문자가 하나 도착했다.

[오빠 바빠?]

호수향이었다. 분명 그때 잘 말한 것 같았는데. 어떡하지.

[오빠 안 바빠. 그런데 미안해.

나는 눈만 예쁜 사람과는 만날 수 없어.

그래도 너는 눈이 예뻐서 다른 남자 만날 수 있을 거야.

너의 인생에 행운이 가득하길.]

이 정도면 내 마음을 전달하면서도 상대가 받을 상처는 줄일 수 있겠지? 진심으로 나는 네가 행복했으면 좋겠다, 수향아.

어느새 밤이 됐다. 퇴근하고 드라마를 켰다. 이제 이 드라마도 벌써 3화가 됐다. 3화는 5년 뒤의 모습으로 시작했다. 어딘가로 떠났던 남자는 한국에 돌아왔고 여자는 여전히 잘살고 있었다.

"이제 다시 만나야지. 또 우연히."

내 말대로였다. 이 두 사람은 5년 만에 우연히 다시 만났다. 이것은 두 번째 우연이었다. 어느 드라마에서건 우연이 두 번 일어나면 그것은 언제나 인연으로 이어진다. 심지어 남자 주인공은 재벌이 되어 있었다. 여자 주인공도 승승장구하고 있었다. 이쯤 되니 나는 5년 뒤에 뭐 하고 있을지 궁금해졌다.

아무튼, 이번 3화는 개인적인 성장을 이룬 이들이 다시 만나 서로에게 호감을 느끼며 끝났다. 4화부터는 본격적인 사랑의 시작일 것이다.

사랑의 시작이라…. 철든 김철은 이제 이런 거랑 내 인생을 연결 지어서 생각하지 않는다. 드라마는 드라마일 뿐. 내 인생과는 상관없다는 걸 알게 됐으니까.

다음 날. 새벽 6시에 딱 맞춰 문래동에 도착했다. 겨울 아침 공기는 차가웠지만 상쾌한 맛도 있었다. 문래역에서 걸어오며 보니 일찍부터 출근해서 철공소의 문을 여시는 분들이 꽤 많았다. 존경스러웠다.

"잘 왔네. 안 늦고."

"네."

교수님도 오셨다. 무릎까지 내려오는 길고 하얀 후드티에 검은 패딩 그리고 검은 레깅스에 운동화를 신은 교수님은…. 하아…. 그냥 여신 그 자체다. 마침 떠오르는 햇빛은 왜 하필 교수님 뒤통수에 걸려있는 건가. 이젠 물리적으로 눈이 부셔서 그녀의 얼굴을 바라볼 수 없을 지경이었다. 여기에 성스러운 음악만 있으면 그야말로….

인정할 수밖에 없었다. 교수님은 내가 오래도록 꿈꿔온 이상형은 아니었지만, 지금 내 심장을 미치도록 쿵쾅거리게 하는 사람인 것은 분명했다. 투명한 쌩얼은 또 왜 이렇게 예쁜 건가, 짜증 나게. 하지만 이럴수록 불편해지는 것도 사실이다. 나라는 인간, 도대체 제주도에서 무슨 짓을 한 것이냐!

머릿속이 복잡했지만 할 일은 해야 했다. 우리는 천천히 철공소 골목 쪽으로 걸었다. 그런데 그때.

- 저벅저벅.

모자를 푹 눌러쓴 또 다른 여인이 우리 앞으로 걸어오고 있었다. 그리고 갑자기 내 시간은 느리게 흐르기 시작했다.

- 저어 버억, 저어 버억.

나는 모자를 눌러쓴 그녀에게 완전히 시선을 빼앗겼다. 내 옆에 교수님이 계시다는 건 완전히 망각한 채였다. 왜냐하면, 지금 내 옆을 스치며 지나가는 그녀는.

- 저벅저벅.

목현희였기 때문이다.

그녀는 이 새벽에 무얼 하고 있었던 걸까? 미대를 졸업한 뒤 이 문래동 어딘가에서 공방을 만들어 활동하는 걸까? 아니, 지금 그건 중요하지 않았다. 중요한 건 지금 나는, 그녀에게 말을 걸고 싶었다는 것이다. 그런데 그래도 될까? 옆에 교수님이 계시는데? 그런데 갑자기.

- 휙.

이미 내 옆을 지나간 목현희가 뒤돌아 나를 봤다. 여전히 걷는 채였다. 이때는 정말 나도 모르게 그녀에게 뛰어가고 싶었다. 그런데 다시.

- 휙.

그녀는 뒤돌아 제 갈 길을 갔다.

3장. 우연이 두 번이면 그것은 언제나 인연

"하아…."

마음이 너무 아팠다. 여전히 심장이 두근거려 지금이라도 달려가서 어깨를 톡톡 치고 싶었다. '안녕, 나 김철이야'라고 말하면서. 하지만 교수님은 기다려주지 않으셨다.

"뭐 해? 안 와?"

"네…."

이때만큼은 교수님이 야속했다. 목현희를 이대로 보내면 정말 영영 못 볼지도 모르는데.

그래서 나는 강력한 아쉬움을 담아 멀어지는 목현희의 뒷모습을 바라보며 내 양쪽 볼에 공기를 빵빵하게 채워 넣었다. 나도 모르게 나온 행동이었다. 하지만 이대로 가서 말을 걸면 교수님과의 관계는 더 멀어지겠지. 아아…. 불쌍한 대학원생의 시련은 정말 창의적으로도 다가오는구나!

나도 이제 뒤돌아 철공소로 향했다. 그러자 교수님의 뒷모습이 보였다. 지금 나와 함께 같은 방향으로 걷고 있는. 그래서 나는 내 볼을 빵빵하게 채웠던 공기를 원래의 자리로 보내줄 수밖에 없었다. 잘 가라 내 볼에 잠시 갇혀있던 공기 원자들이여. 그래도 나 김철, 양치는 했으니 냄새는 덜했을 거다.

"가스 용해로 쓰는 법, 한 번만 알려줄 테니까 잘 들어."

철공소에 도착하자마자 일부터 시작했다.

"네."

교수님은 굉장히 능숙하셨다. 나는 수첩을 꺼내 교수님의 행동과 말을 하나하나 기록했다.

"쉽지?"

"네? 네…."

"해 봐."

교수님의 지시에 나는 수첩을 보며 기록했던 것들을 하나씩 실행해 봤다.

"그게 아니잖아."

교수님은 생각보다 깐깐하게 접근하셨다. 그래. 지금은 새벽이니까 그럴 수 있지.

잠시 후, 어느덧 장비에 익숙해진 나는 실험을 시작했고 용해로의 온도는 올라갔다. 이제 3시간 정도 기다렸다가 샘플 회수해서 학교로 돌아가면 됐다.

"혼자 할 수 있지?"

"네."

"좋아. 그리고, 이 건물 화장실은 쓰지 마. 당황스러운 일이 생길 수도 있을 테니까."

"네? 어떤…."

"그냥 쓰지 마."

"네…."

사실 딱 봐도 너무 노후 돼 있어 굳이 쓰고 싶은 마음은 없었다. 조금만 가면 공용 화장실 있으니까 거기 쓰면 되겠지, 뭐.

"밥 안 먹었지?"

"네."

"가자. 저 건너편에 순댓국 맛집 있어."

"네…."

아…. 적응이 안 된다. 같이 있어서 좋긴 한데 불편한 이 느낌. 교수님은 학교 안 가시나. 일단은 혼자 있고 싶은데.

우리는 10분 정도 거리에 떨어져 있는 순댓국집에서 밥을 먹었다. 아침 7시도 안 됐는데 사람이 꽤 많았다. 적당히 북적거리는 이 식당에서 우리는 단 한마디도 하지 않았다.

"다 먹었지?"

"네…."

"가자."

"잘 먹었습니다."

밥은 교수님이 사주셨다. 그리고 우리는 나와서 바로 건너편에 있는 문래공원을 걸었다. 둘레가 1km 정도밖에 안 되는 이 공원을 몇 바퀴나 돌았는지 모르겠다. 그리고 여전히 우리는 단 한마디도 하지 않았다. 제발 뭐라도 말씀해 주시지. 내가 먼저 말을 꺼내면 이상한 상황인 거 같은데.

그런데 그때, 경찰차 하나가 지나갔다. 이때 문뜩 용해로 수리기사가 생각났다. 사기꾼들. 당신 같은 사람들 때문에 내가 이 시간에 여기에서 교수님이랑 불편하게 이러고 있는 거잖아! 하지만 이런 일로 신고해 봐야 나만 피곤하겠지.

어느덧 시간이 지났다. 이 세 시간 행군의 마지막 코스는 문래공원 사거리에 있는 카페였다.

"뭐 마실래?"

"저는…. 저지방 우유로 만든 디카페인 에스프레소 프라푸치노 마시겠습니다. 생크림은 반 만 올려서요."

교수님은 잠깐 내 눈을 바라보셨다. 그러더니.

"네가 주문해."

나는 수줍게 키오스크의 버튼을 눌렀다.

"교수님은 뭐 드시겠어요?"

"아메리카노. 아이스로."

"네."

원래 이건 내가 사려고 했는데 이번에도 결제는 교수님이 해 주셨다. 내가 카드를 내미는 순간, 교수님이 내 팔을 밀어버리셔서 이쩔 수 없이 밀려났다. 여름이었으면 살이라도 닿았을 텐데.

이런 미친! 살이 닿다니! 아아! 나는 도대체 얼마나 앙큼한 놈이란 말인가! 철이 드니 로맨스 드라마를 너무 많이 본 게 이제는 부작용이 돼 버렸다. 어휴.

커피가 나오고 우리는 다시 철공소로 걸었다. 그렇게 길었던 세 시간은 이제 잘 끝났고 다행히 샘플은 잘 만들어져있었다.

"학교 가자. 따라와. 저기에 주차해 놨으니까."

"네."

교수님의 차 안에 들어오니 방향제 향기가 날 녹아내리게 했다. 그래서 나도 모르게 무슨 향기냐고 여쭤보려고 했지만 그럴 수 없었다. 나는 죄인이니까. 답답해 미치겠네.

어느새 우리는 수도대학교 주차장에 도착했다. 당연히 차 안에서도 대화는 없었다.

"감사합니다."

차에서 내린 뒤엔 천천히 연구실 건물로 걸었다. 그런데 그때.

"김철 오빠!"

어디선가 익숙한 음성이 들려왔다.

"나랑 얘기 좀 해요."

호수향이었다.

"어어…?"

나는 교수님의 눈치부터 살폈다. 교수님은 '이게 뭐지?'하는 눈빛이셨다.

"누구예요?"

"아…. 그…. 어쩌다 알게 된 인간인데…."

"인간이라니!"

호수향은 어느새 우리 앞에 다가왔다.

"나는 엄연히 호수향이라는 이름을 가진 여자인데! 그쪽이야말로 누구세요?"

도대체 얘는 갑자기 왜 이러는 거야! 여긴 어떻게 찾아온 거고!

"제가 왜 말해야 하죠? 굳이 알려주고 싶지 않은데요."

"죄송합니다, 교수님."

"교수님?"

나는 이 두 여자 사이에 끼어서 똥 마려운 강아지처럼 어찌할 바를 모르고 발만 동동 굴렀다.

"교수님 같은 소리 하네. 오빠 지금 여자 친구 있는데 나 만난 거야?"

"무슨 소리야!?"

미치겠다! 진짜! 얘 왜 이래! 호수향의 이런 미친 짓에 이젠 내 두 손도 허공을 떠다녔다! 마치 어디에 착륙해야 할지 모르는 두 개의 비행선 같았다!

"나 먼저 들어갈게요."

"아! 네! 교수님!"

다행히 교수님은 먼저 들어가셨다.

"야, 너 도대체 왜 그러는 거야!"

"오빠야말로 왜 그러는 건데?"

텅 빈 거리에서 이런 실랑이를 벌이는 거면 참 좋았겠지만 그러지 못했다. 아무리 방학 중이라도 대학교엔 나 같은 대학원생들이 꽤 많기 때문이다. 그리고 호수향은 지금, 그들의 관심을 끌고 있었다. 심지어 강의 들을 때 종종 봤던 같은 과 학생들도 있었다. 창피해서 죽고 싶었다.

"다른 데 가자. 다른 데 가서 얘기하자."

"싫어. 여기서 얘기해. 왜? 내가 창피해?"

"창피하지! 너는 안 창피해?"

3장. 우연이 두 번이면 그것은 언제나 인연

"나 예쁘다며. 내 눈 예쁘다며!"

"눈…. 예뻐. 예쁜데…."

"근데 왜 시간을 못내?"

"내 스타일이 아니니까아!"

나는 소리쳤다. 살면서 여자에게 처음 소리쳐…. 엄마를 제외하곤 살면서 여자에게 처음 소리쳐봤다. 주변의 사람들은 더 몰리기 시작했다. 아…. 진짜 미쳐버리겠네.

"내 어디가 오빠 스타일이 아닌데?"

"전부다. 눈 빼고 전부다. 지금 여기 와서 나한테 이러는 것도."

"뭐라고? 어떻게 그럴 수 있어?"

"내가 뭘…!?"

갑자기 호수향의 눈시울이 붉어졌다. 그러자 내 마음도 불안해졌다. 이게 도대체 무슨 일이란 말인가.

"다른 데 가자고 했지? 어디면 돼?"

"사람 없는 곳. 따라와."

나는 호수향을 건물 뒤편, 사람의 통행이 적은 곳으로 데려갔다.

"내가 고칠게. 다 고칠 테니까 만나주라."

"아니…. 일단 지금 나는 너무 바빠. 논문도 써야 하고…."

"그러면 그 소개팅 앱은 왜 깔았고 합정엔 왜 나왔는데? 연애할 시간은 있어서 그런 거 아니야?"

솔직히 맞았다. 이건 내가 할 말이 없었다.

"맞네. 연애할 시간은 있는 거네. 근데 나한테 왜 거짓말해!"

"아니…!"

"좋아. 딱 한 달만 나 만나봐."

"어?"

"그러면 내가 오빠 마음 바꿀 수 있어."

"무슨 소리야…. 애초에 마음이 없는데."

호수향은 입을 꾹 다물었다. 그리고 나를 노려봤다. 그러더니 이내.

"흑, 흑, 흑."

흐느끼기 시작했다.

"아니…. 울지 말고…."

"개새끼…."

"맞아…. 나 개새끼니까…."

- 퍽!

"끄학!"

그리곤 갑자기 주먹으로 내 가슴을 진짜 졸라 세게 때린 뒤 도망갔다. 예전에도 내가 말했지만 원래 나는 이런 비속어를 쓰는 사람이 아니다. 그런데 이건 진짜 이 말로밖에 표현할 수 없는 거대한 충격이었다.

"끄으…."

나는 그렇게 가슴을 부여잡고, 달려가는 호수향의 뒷모습을 바라봤다. 오늘만 벌써 뒤돌아 떠나가는 여자의 뒷모습을 두 번이나 본 거다.

통증이 완화되고 나는 다시 학교 건물로 들어갔다. 비록 호수향은 떠났지만 마음은 좋지 않았다. 맞은 곳이 아무리 아팠다 한들, 그 안에 있는 내 마음보다 아프진 않았으니까.

이제껏 나에게 등을 돌렸던 여자들이 떠올랐다. 솔직히 나는 등을 보이는 게 쉬운 일인 줄 알았다. 하지만 이제 알았다. 거절하는 것도 꽤 힘든 일이라는 것을. 이것도 알아버린 나는 더욱 쓸쓸해졌다. 왜 성장은 이리도 쓸쓸한 것인가!

생각이 많아지니 더더욱 목현희가 떠올랐다. 스치듯 멀어져간 그녀. SNS를 아무리 뒤져봐도 그녀에 대한 소식은 들을 수 없었다.

그러고 보니 목현희도 문래에서 두 번이나 우연히 만났다. 드라마의 남녀 주인공처럼. 하지만 그게 무슨 소용이겠나. 그녀는 날 알아보지 못했고 이미 저 멀리 사라진 메아리일 뿐인데.

일단 이 뒤숭숭한 마음을 어떻게든 다른 곳으로 돌려야 했다. 이럴 땐 생각 없이 샘플 측정하고 보고서 쓰는 게 최고다. 솔직히 모든 실험의 과정은 사실상 단순 반복 작업이다. 그래서 뭔가에 홀린 듯 집중하다 보면 머릿속에 있던 잡생각들이 다 사라진다. 그런데.

"하아…."

이놈들마저 날 도와주지 않았다.

"뭐지, 뭐가 문제지?"

오늘따라 실험 결과가 좋지 않았다. 합금 자체가 잘 안된 듯했다. 내가 첨가물을 잘못 가져갔나? 만약에 계획대로 됐는데 결과가 좋지 않은 거라면 상관없었다. 그 또한 결과에 반영할 수 있는 데이터니까. 하지만 내 실수로 이게 잘 안된 거라면 오늘 새벽은 날린 거다.

- 타닥타닥.

나는 곧장 인터넷을 열어 이런 증상에 대해 검색했다. 그리고 잠시 후, 외국의 한 대학원생이 나 같은 증상을 겪었다는 얘기를 길게 늘어놓은 페이지를 발견했다. 그는 그 증상을 분석한 결과, 합금 자체가 안 됐다는 결론을 내렸다. 내 실수였다. 내가 첨가물들을 잘못 가져간 거였다.

"후우…."

나는 의자에 축 늘어진 채 천상을 바라봤다. 그러고 보니 우리 연구실 천장도 하얬다. 이대로 진짜 딱 5시간만 회귀할 수 있으면 얼마나 좋을까.

그런데 시간은 여전히 앞으로 흘러갔다. 이 시간이란 놈은 5시간 회귀는커녕 단 0.1초도 뒤로 물러서는 법이 없었다. 그걸 인지하고 나니 묻고 싶었다.

"시간아. 너도 쓸쓸하니? 오래 살았잖아. 너도 끊임없이 성장하고 있잖아."

망상은 그만하자. 나는 겨우 하루 날린 것뿐이다. 하지만 오늘 하루를 어떻게 쓰느냐에 따라서 이 데이터도 가치 있는 것으로 만들 수 있다. 그런데 그때. 모니터 하단에 있는 기사 제목 하나가 보였다.

[디에스코, 경영난으로 인력 감축. 올해 공채도 없다.]

나는 멍한 눈으로 기사를 클릭했다. 기사의 내용은 제목과 같았다. 제주도 학회에서 철강 산업이 위기라고 하신 그 교수님의 말씀은 현실이었다.

"안 돼."

솔직히 디에스코는 꿈 같은 회사였다. 내가 정말로 갈 수 있을 거란 생각은 안 했다. 하지만 문제는 디에스코가 대한민국 철강 업계를 선도하는 기업이라는 거였다. 업계를 선도하는 기업이 어려운 정도면 그 뒤를 따르는 다른 기업들은 더 큰 어려움이 뒤따른다.

그제야 나는 정신을 차리고 대한민국 철강 업계에 관한 리포트나 기사를 찾아봤다. 수십 수백 개였다. 그리고 하나같이 위기라는 얘기들뿐이었다.

나는 정말 이 업계에 진출하고 싶었던 사람이 맞았을까? 그동안 대학원생이라는 핑계로 이것저것 회피하며 실험만이 내 세상이라고 착각하며 살았던 건 아닐까? 누구도 나를 대학원생이라는 이유로 특별 대우해 준 것도 아닌데.

이때 나는 확신했다. 내 얼굴은 잘생긴 게 아니라는 것을. 그저 키만 180cm가 넘는 지극히 평범하고도 흔한 놈이라는 것을.

정말 정신이 번쩍 들었다. 이제 내 인생에 공식은 없다. 아니,

더 나아가서 공식은 죄악이었다. 틀 안에 가둬놓고 신세 한탄에 변명만 하게 만드는 죄악.

나는 토익책을 폈다. 뭐라도 해야 했다. 내일이면 또 실험을 핑계로 게을러질지 모른다. 철강 업계가 아니더라도 취업은 해야 한다.

- 위이이잉.

이제 겨우 정신 차리고 공부하려는데 갑자기 웬 전화?

- 위이이잉.

모르는 번호였다.

"네, 김철입니다."

그래서 퉁명스럽게 받았다.

『안녕하세요. 한국연구발전재단입니다.』

한국연구발전재단은 우리 연구실에 연구비를 지원해 주는 과학기술정보통신부 산하의 국가 재단이었다. 그래서 목소리 톤을 높였다.

"아, 네. 안녕하세요."

얼굴이 안 보였지만 미소도 지었다.

『김철 연구원님 맞으시죠?』

휴대전화 너머에 있는 이 여성분의 목소리도 무척이나 깔끔했다.

"맞습니다."

『강무광 교수님 연구실도 맞으시고요?』

"네. 수도대학교 금속 재료 연구실입니다."

『확인 감사합니다. 지금 스테인리스 스틸 특성 개발 건으로 과제가 하나 있으시네요. 과제 책임자가 강무광 교수님이시고.』

"맞습니다."

『네. 그런데 이번에 확인해 보니까 강무광 교수님께서 사임하셨더라고요. 과제 책임자이신데.』

"네. 그런데 지도교수님이 바로 오셔서 연구에는 지장 없습니다."

『아, 그러시구나. 그런데 어쩌죠.』

"왜요?"

『저희 규정엔 과제 책임자가 사임하면 자연스럽게 그 과제는 종료된다고 나와 있거든요.』

이건 또 무슨 날벼락이냐아아아!

"새로운 분이 오셨는데도요?"

『네. 규정이 그러네요.』

"원래 사람은 바뀔 수 있잖아요. 대학원생들도 졸업하고 입학하면서 계속 연구가 이어지는 건데…."

『물론이죠. 대학원생 연구 인력들은 계속 바뀌는 게 당연하죠. 하지만 과제 책임자는 바뀔 수 없거든요.』

이 여성은 계속 깔끔한 목소리를 유지했다.

『일단, 연구비 사용 내역을 보니까 지난주 학회를 다녀오셨네요.』

"네…."

반면 나는 목소리가 작아졌다.

『그런데 강무광 교수님이 사임하신 게 그 전으로 나오거든요.』

설마.

『그래서 학회에서 사용하신 연구비는 전부 부정 집행으로 분류됐어요.』

"아니에요! 저희 정말로 학회 가서…."

『네네. 물론 가서서 좋은 말씀 들으셨을 겁니다. 하지만 과제 책임자 없이 학회에 가셨다는 게 확인됐기 때문에 이건 어쩔 수 없이 부정 집행이 될 수밖에 없네요.』

"하아…."

『그래서 비행기 티켓 29만 원, 숙박비 30만 원, 차량 렌탈비 20만 원, 유류비 10만 원 그리고 학회 등록비 55만 원, 총 144만 원은 연구비 계좌에 다시 넣어두셔야 할 것 같습니다.』

"네에!?"

『그리고 이제부터 연구비 사용은 못 하세요. 인건비도 지급이 중단됩니다.』

"안 돼요…."

『추가로 작년 12월까지 수행하셨던 결과 보고서 메일로 요청드릴 거예요. 그 외에 사업 포기와 관련된 서류 여러 개 있는데 그것도 요청드릴 거고요. 기한 내에 작성해서 보내주시면 감사드리겠습니다.』

"선생님 제발요…."

『어쩔 수가 없네요. 혹시 궁금하신 사항 있으실까요?』

아니 지금 내 인생을 완전히 파탄 내놓고 궁금한 게 있냐고 물어보면 그게 사람인가!?

"과제 계속 유지하는 방법은 없을까요…? 새로 오신 교수님이 더 좋은…!"

『죄송해요. 그런 방법은 규정상 존재하지 않네요.』

정말 답답해 미칠 것 같았다. 그래서였을까, 갑자기 내 입에서 이상한 말이 튀어나왔다.

"선생님. 이상하게 들리실 수도 있겠지만 제가 이 전화 받기 전에 깨달은 게 하나 있거든요?"

『그게 뭘까요?』

"공식이라는 거는 죄악이라는 거죠. 틀 안에 가둬놓고 신세 한탄에 변명만 하게 만드는 죄악!"

아마도 무의식중에 내가 이 말을 뱉은 의도는 '규정에 얽매이지 말자'라는 메시지를 전하기 위함이었을 거다. 그런데 막상 말하고 보니 이 선생님을 욕하는 것처럼 들릴 수도 있겠다는 생각이 들었다.

『잘 알겠습니다. 방금 하신 말씀은 잘 새겨듣겠습니다.』

"아니 그…."

『이제 더 궁금하신 점 없으시면 오늘 중으로 갈 메일 잘 확인 부탁드리겠습니다.』

"정말 안 되는 건가요!?"

『네. 정말 안 됩니다.』

그녀의 목소리는 끝까지 깔끔했다.

"선생님 제발…."

『좋은 하루 되세요.』

- 뚝.

"안 돼에에에에!"

전화가 끊기자 나도 모르게 소리쳤다. 오늘만 벌써 두 번째 지르는 소리였다.

"아으아!"

울고 싶었다. 오늘 아침부터 있었던 일들이 떠올랐다. 우선 나는 교수님과의 사이가 멀어졌다. 제주도에서의 내 실수로 교수님은 이제 나를 기계적으로 대하셨다. 그게 아니라면 세 시간 동안 그렇게 말이 없을 수가 없었다.

그리고 목현희를 만났다. 하지만 나는 그녀에게 아는 척하지 못했고 그녀도 나를 알아보지 못했다. 다시 생각해 보니 더 슬퍼졌다. 목현희는 내가 꿈꿔오던 완벽한 사람이었는데 막상 그 사람은 나를 외면한 것이니까.

그다음, 겨우 돌아와서 보니 호수향이 있었다. 안 그래도 교수님한테 점수를 잃은 상태였는데 이것 때문에 점수가 더 날아가게 생겼다. 그냥 호수향을 그렇게 보낸 것 자체도 마음이 안 좋았다.

그래서 그걸 잊으려고 열심히 샘플 측정도 했다. 그런데 하아…. 나는 이날 평소에 잘 해오던 실험조차 엉망으로 만들어 하루를 통째로 날려버렸다.

그리고 디에스코와 철강 업계. 어쩌면 이것도 목현희 케이스와 비슷한 게 아닌가 싶다. 그토록 원하고 바라던 이상형이자 이상향이지만 정작 그들은 나를 외면한.

이제 대망의 과제 취소…. 이건 타격이 너무 컸다. 144만 원이라는 금액도 충격적이지만 이 과제가 없으면 내 연구의 목적 자체가 사라지는 거였다. 그리고 이 과제를 통해 나오는 인건비가 없으면 나는 이대로 서울 생활을 이어가기 힘들다. 등록금이야 미래의 나를 응원하며 학자금 대출을 받았지만, 월세나 식비는 그럴 수 없었다. 그렇다고 엄마의 도움을 받을 수는 없었다. 내가 우리 집 사정을 모르는 게 아니니까. 내가 도와달라고 하면 엄마는 분명 빚을 낼 게 분명하니까. 그렇다고 알바를 해야할까? 다른 대학원생들은 전부 실험하고 논문 쓰고 영어 공부할 시간에? 그러면 취업이랑 더 멀어지는 건데. 하아….

내 미간에 주름이 잔뜩 잡혔다. 양쪽 눈꼬리는 하염없이 내려갔다. 휴대전화를 들고 엄마의 전화번호를 검색했다. 하지만 도저히 통화버튼은 누를 수 없었다. 나와의 통화를 마치자마자 제2금융 캐피탈에 전화할 엄마의 모습이 훤히 보였기 때문이다. 그래서 눈물이 나왔다.

"흑, 흑."

왜 시련은 항상 몰아서 다가오는 걸까. 조금 기간을 두고 천천히 다가올 수는 없는 거냔 말이다!

어쩌면 벌을 받는 것일 수도 있겠다. 과거에 내 무지성 고백으로 상처받은 여자들이 주는 벌. 어쩌면 오늘 호수향의 마음을 아프게 했던 것에 대한 벌.

"흑, 흑, 흑!"

이 생각이 들자 눈물이 폭포처럼 흘러나와 내 볼을 타고 땅바닥으로 떨어졌다. 앞으로 내가 얼마나 살아갈진 알 수 없지만, 오늘은 절대 잊지 못할 것 같다. 이날은 나의 사랑도 일도 모든 공식도 어쩌면 인생 자체가 무너진 날일지도 모르니까 말이다. 그런데 그때.

- 철컥.

연구실 문이 열렸다. 그리고 어느새 청바지에 흰 티 그리고 갈색 패딩 조끼로 갈아입으신 교수님과 눈이 마주쳤다.

엉엉 울고 있던 터라 재빨리 다시 고개를 숙이고 옷으로 눈물을 닦았다. 그런데 그때, 갑자기 그림자 하나가 바닥에 나타났다. 기시감이 들었다. 그리고 교수님과의 첫 만남이 떠올랐다.

나는 더 이상의 생각을 하기보단 천천히 눈을 들어 교수님을 바라보….

"흡."

이때 갑자기, 교수님의 입술이 내 입술로 내려왔다. 눈물을 닦던 내 두 팔은 어쩔 줄 몰라 허공에 떠오른 채 멈췄다. 뭘까, 이 상황은. 교수님은 왜…. 아니다. 일단 지금은 그런 생각 하지 말자.

인간은 참 단순한 동물이다. 조금 전까지 세상이 망한 것처럼 울고 있던 나였는데 이 작은 접촉 하나로 모든 슬픔이 사라졌다.

어쩌면 공식은 아직 살아있는지도 모르겠다. 우연이 두 번이면 그것은 언제나 인연이라는 공식.

그리고 누가 키스는 달콤한 것이라고 했나. 키스는 겨우 달콤함 따위로 설명해선 안 된다. 이제 나도 안다. 키스는 모든 갈망이 사라진 절대적 평온을 뜻하는 열반(涅槃)이자, 졸라게 압도적인 희열이다. 후우…. 내가 원래 이런 비속어를 쓰는 사람이 아닌데.

앞으로 내가 얼마나 살아갈진 알 수 없지만, 오늘은 절대 잊지 못할 것 같다.

4장

내 이름은 은아연

✤ 아연 ✤

 내 이름은 은아연. 나는 지금, 아침 8시에 일어나 커피 한잔에 빵을 들고 창문 밖에 있는 찰스강과 그 너머에 있는 보스턴을 바라보고 있다. M.I.T 기숙사에서 보이는 이 찰스강의 끓어오를 듯한 윤슬은 이곳의 월세가 괜히 3,000불이 아님을 증명했다.
 - 위이이잉.
 아빠다. 오랜만에.
 "여보세요."
 『한동안 자주 전화하더니 요즘은 뭘 하고 살길래 전화가 이리 뜸해?』
 "죄송해요. 바빴어요."
 『미국은 애들을 감옥에 가두고 공부시키냐?』

"앞으로 자주 할게요."

『네 엄마 있었으면 아주 그냥….』

아빠는 잠시 말을 멈췄다. 돌아가신 엄마 얘기만 나오면 그랬다.

"거긴 몇 시에요?"

『밤 9시다. 그나저나, 너 졸업이 언제라고 했지?』

"그때 말했잖아요. 6개월 뒤쯤. 내년."

『알았다. 목소리 들으니까 잘 먹고 잘 사는 거 같네.』

"여전히 귀는 밝으셔."

『끊어라. 나 이제 퇴근한다.』

"밤 9시에요?"

『돈 많이 벌어야 하니까 그러지.』

"철공소 조합 일은 좀 어때요? 조합장 하면 일 많다던데."

『조합장 한 지 벌써 5년인데, 일찍도 물어본다. 그거야 뭐 그냥 그렇지.』

"아빠 약은 잘 드시지?"

아빠는 고혈압이 있었다.

『잘 먹지 그럼! 나 오래 살 거야! 절대 일찍 못 죽어!』

"알겠어요. 조심히 들어가세요."

『끊어!』

아빠는 먼저 끊지 않았다.

"저 끊어요."

『끊으래도!』

"네. 밥 잘 챙겨 드시고."

『네 건강이나 신경 써! 끊어!』

"네."

그래서 결국 내가 먼저 끊었다.

배와 마음이 어느 정도 채워지고 아빠와의 통화도 끝난 뒤, 씻고 나갈 준비를 했다. 오늘 나는, 남자 친구에게 이별을 통보하러 간다.

- 철컥.

외출복을 입고 밖으로 나오자 날카로운 바람이 뺨을 할퀴었다. 케임브리지의 11월은 서울의 11월보다 조금 더 매서웠다.

몇 분을 걸었다. 찰스강 옆 도로로 차가 쌩쌩 달리는 모습을 보니 미국에 와서 만난 첫 번째 남자 친구가 생각났다. 한인 교회에서 처음 만났던 그 사람.

유학생들은 유학을 오면 가장 먼저 그 지역의 한인 교회부터 찾는다. 한인 교회는 여러 정보를 얻을 수 있고 외로움을 달랠 수도 있는 가장 큰 커뮤니티니까. 신을 믿는지에 대한 여부는 상관없었다.

내가 간 교회는 꽤 규모가 있는 곳이었다. 나는 그곳에서 차량 봉사를 했다. 교회 소유의 12인승 밴으로 차가 없는 사람들을 교회로 데려왔다가 다시 집으로 데려다주는 그런 봉사였다.

"여자가 차량 봉사하는 건 처음 보네요."

"할 수 있는 봉사가 이것밖에 없어서요."

그 남자와 처음 한 대화가 이거였다. 이 찰스강 옆 도로를 지나면서였다. 사람들을 하나둘 내려주다 보니 그 남자만 남았던 거다.

"온 지 얼마나 되셨어요? 처음 뵙는 거 같은데."

"케임브리지 온 건 석 달이고 교회 온 건 두 달이네요."

"두 달 만에 차량 봉사를 한다? 꽤 열심히 다니셨나 봐요. 유학이죠? 어디 학교?"

"M.I.T요."

"어? 나도 M.I.T인데?"

알고 보니 이 이태우라는 남자는 심지어 수도대학교 출신이었다. 더 놀라웠던 것은 지금 나와 같은 교수님 밑에서 박사과정을 보내고 있었다는 것이었다. 교수님 제자들이 워낙 많고 분야도 넓어서 연구실이 달랐던 탓에 마주칠 일이 없었던 거였다.

그렇게 이태우와 나는 학교와 교회에서 자주 마주치다가 사귀게 됐다. 솔직히 외로워서 그런 것도 있었다.

사실 내 외로움은 한국에서부터 이어진 거였다. 한국에서 나는 선후배 혹은 동기들과 친목을 도모하는 것이 내 미래를 책임져주지 않는다고 생각했다. 그러다 보니 사람들과는 필요한 경우만 대화하는 게 전부였고 주로 도서관에서 시간을 보냈다.

"아니 근데 우리 엄마가 말이야…."

이태우와 헤어진 건 이것 때문이었다. 친해지고 나니, 나는 언제나 한국에 있는 그의 엄마에게 보고 당했다. 뭘 입었는지, 뭘 먹었는지, 심지어 같이 키스는 안 했는지.

"엄마가 우린 결혼 전까지 키스도 하면 안 된다고 하셨어."

묻지도 않았는데 이 새끼는 맨날 이 말만 반복했다. 그래서 그냥 통보했다.

"나는 키스 못 하는 남자 싫어."

이후로는 교회도 안 나갔다. 이때쯤엔 이미 유학에 적응되어 굳이 커뮤니티에 매달려 있을 필요가 없었다. 비록 같은 교수님 밑에 있었지만, 정말 다행히도 연구실이 달라 마음만 먹으면 학교에서 마주칠 일이 없었다.

두 번째 남자는 헬스장에서 만났다. 연구실과 집만 오가는 무료한 생활이 이어지던 중, 학교 내에 있는 무료 헬스장에 대해 알게 됐고 평소 근육질 여성들에 대한 동경이 있었던 나는 이 무료함을 운동으로 달랬다.

"저기요. 그거 그렇게 하면 위험해요. 근육 찢어져요."

두 번째 남자가 내게 처음 했던 말이다. 같은 학교 컴퓨터 공학과에서 박사과정을 보내고 있던 그는 온종일 모니터 앞에 앉아 있다가 저녁이 되면 스트레스를 풀러 헬스장에 오는 사람이었다. 왠지 나랑 비슷한 사람인 것 같아서 좋았다. 그런데.

"얘. 너 왜 이렇게 늦게 자? 일찍 자야 근 손실 안 와."

"얘. 너 커피 너무 많이 마셔. 카페인 끊어. 수분 손실이 얼마나 치명적인데."

"얘. 너 요즘 팔뚝 살 올라온 거 아니? 혹시 야식 먹어?"

서로에게 익숙해질 때쯤, 그는 자꾸 나에게 스트레스를 안겼다. 그래서 나도.

"오빠도 약 좀 그만 먹어. 그러다 여자 되겠다."

라는 말로 관계를 종료했다. 그 후론 집에서만 운동했다.

세 번째 남자. 지금 내가 이별을 말하러 가는 그 남자는 거리에서 처음 만났다.

"학생. 여기 와서 음식 좀 들어요."

그날, 어느 나이 든 여성이 날 불렀다. 켄달스퀘어(Kendall Square)에 있는 다른 학과 연구실에서 세미나를 듣고 돌아가는 길이었다.

솔직히 고민했다. 딱 보니 Free food(무료 음식) 행사 중인 것 같았다. 다른 곳은 몰라도 M.I.T 근처에서는 자주 있는 일이었다. 처음엔 모든 Free food 행사가 노숙자들을 위한 것인 줄 알았지만 그런 건 아니었고 지역 행사의 일부로 포함되는 경우가 많았다.

이걸 알게 된 뒤로는 나도 Free food 행사가 열리면 적극 참여했다. 한 달 스타이펜드(Stipend- 연구급여)로 4,000불을 받아 3,000불을 기숙사 비용으로 지불하다 보니 식비를 아낄 수 있을 땐 아끼는 게 좋았으니까.

하지만 내가 고민한 이유는 'Senior Deaconess Mikyung Park(박미경 권사)'이라고 큼직하게 쓰인 그녀의 명찰과 그 뒤에 걸린 한인 교회 현수막 때문이었다. 첫 번째 남자와 만났던 교회는 아니었지만, 그래도 아직 교회라면 거리감이 느껴졌다.

"오늘 음식 괜찮아요. 와서 먹어요. 이제 막 시작한 거라서 따듯해요."

그녀의 이 말에 나는 잠시 망설이다가 결국엔 음식 쪽으로 걸었다. 고소한 양송이수프와 햄버거의 패티 냄새가 내 코를 꿰어서 그런 것 때문만은 아니었다. 내가 박미경 권사 앞으로 간 진짜 이유는 그녀의 눈 때문이었다. 그녀의 눈은 돌아가신 내 엄마의 눈과 너무나 닮아 있었다.

"수프 하나랑 햄버거 하나. 학생은 예쁘니까 햄버거 하나 더 가져가도 되고."

"감사합니다. 근데 햄버거 두 개 먹으면 팔뚝에 살이…."

이때는 아직 두 번째 놈의 잔소리가 머릿속을 맴돌 때였다.

"하나만 받아 갈게요."

"여기서 먹고 가도 되고. 저 뒤 테이블 여러 개 있어요."

테이블은 아직 빈 상태였다. 나는 짧게 고민했다.

"집에 가서 먹어도 될 것 같아요. 감사합니다."

"그래요. 맛있게 먹어요. 우리 매월 둘째, 넷째 주 화요일에 있으니까 자주 와요."

"네. 감사합니다."

"내 딸 같아서 참 예쁘다."

그녀의 이 말에 잠시 멈칫했지만 이내 미소를 지으며 인사한 뒤 기숙사로 향했다. 집에 와서도 수프와 햄버거의 온기는 남아 있었다. 심지어 양송이수프와 햄버거의 조합도 나쁘지 않았다.

아니, 아주 좋았다. 햄버거는 항상 차가운 음료랑만 먹을 생각을 했었는데 따듯한 수프가 오히려 햄버거의 풍미를 훨씬 올려줬다.

"왔어요?"

넷째 주 화요일. 박미경 권사는 환한 미소를 지으며 나를 반겼다. 미소가 아름다운 사람들은 나이가 들어도 품격이 유지된다는 걸 이때 처음 느꼈다.

"수프랑 햄버거 조합이 참 맛있어서요."

"잘 왔어요. 오늘도 예쁘네."

나이 든 여성에게 듣는 예쁘다는 칭찬이 왜 그리 좋았을까.

"싸 줄까요?"

"오늘은 뒤에 앉아서 먹을게요."

"그래요. 맛있게 먹어요."

여성은 주름진 손으로 나에게 음식을 건넸다. 그런데 이럴 수가! 현장에서 먹는 수프와 햄버거는 집에서 먹는 것보다 훨씬 더 맛있었다. 수프와 햄버거 각각의 퀄리티도 훌륭했지만, 두 음식의 조합 자체가 너무나 완벽했다. 콜라가 오히려 방해될 것 같았다. 이쯤 되니 이걸 누가 만들었는지 궁금해졌다.

"맛 좀 괜찮으세요?"

이때, 어떤 젊은 남자가 나에게 말을 걸었다.

"네…."

"다행이네요. 누가 만들었는지는 안 궁금하셨어요?"

그렇다. 이 남자가 내 세 번째 남자 친구이자 오늘 헤어지자는 말을 들어야 할 사람이었다.

"혹시…."

"네. 제가 만들었어요."

"아…."

솔직히 처음엔 이 남자에게 관심 없었다.

"더 먹을래요?"

"아니요…. 많이 먹으면 살쪄서…."

"그까짓 살 좀 찌면 뭐 어때요. 더 먹어요. 기다려 봐요. 어머니!"

이 남자는 박미경 권사에게 다가갔다. 그리곤 한 세트 더 가져와 내 앞에 내려놨다. 그날 나는 정말 오랜만에 폭식하며 한동안 자리에서 일어날 수 없었다. 그 남자와 얘기하는 게 재밌기도 했었고. 그렇게 우린 친해졌다. 박미경 권사와도 그랬다.

"아버지는? 한국에 계시고?"

"네."

"전화는 자주 드려요?"

"종종…."

"엄마. 뭘 그런 걸 물어봐요. 아연이 불편하게."

매달 둘째 넷째 주, 이 켄달스퀘어 한쪽은 우리 세 사람의 아지트가 되었다.

"전화 자주 드려요. 내가 아연 자매 생각을 모르는 건 아니야. 잘 돼서 짠! 하고 효도하고 싶겠지. 근데 효도는 자주 전화하고 안부 묻는 게 다야. 다른 거 없어."

"아연 씨도 다 알죠. 그 뻔한 얘기…. 아연 씨 불편하겠네."

평소라면 이 남자의 말처럼 불편했을 거다. 그런데 이날은 그러지 않았다. 왠지 엄마가 하는 말 같아서 그랬다.

"네, 권사님. 앞으로 전화 자주 드려야겠어요."

"그래요. 자주 해요. 나처럼 나이 든 사람들은 기다리고 싶어도 그러기 힘들어. 하나님이 우릴 언제 데려가실지 모르니까. 이것도 뻔한 얘긴가? 아들?"

나중에 이 남자와 만나며 알게 된 사실이지만 박미경 권사에겐 딱 내 나이 또래의 딸 하나가 있었다. 그녀도 이곳 M.I.T에서 박사과정을 보내고 있었다. 그런데 그녀는 졸업 후에도 미국에서 살길 원했다. 떨어져 사는 걸 원치 않았던 박미경 권사는 가족들과 회의 끝에 이곳으로 이민을 오게 됐다. 하지만 그녀는 이곳 케임브리지와 완전히 반대쪽에 있는 미국 땅, LA에 놀러 갔다가 사고를 당해 목숨을 잃었다.

어쨌든 우리 세 사람은 자주 모였다. 물론 난 교회는 나가지 않았다. 이들도 강요하는 게 없었다. 서서히 스며들길 바라는 것 같았다.

그러다가 이 남자와 따로 만나는 시간도 종종 갖게 됐다. 처음엔 우연을 가장한 만남이었지만 이내 약속을 잡는 만남이 되었고 결국.

"만나자, 우리."

내 고백으로 사랑은 시작됐다. 첫 만남이 있고 넉 달이 지난 후였다.

"오늘은 볼 터치에 힘 좀 줬네?"

"볼수록 예쁘다, 너."

"오늘 스텝 밀(Staff meal) 내가 했는데, 반응이 좋았어. 되게 맛있었거든. 그래서 네 생각 나더라."

요리사인 그는 단점이 없었다. 외모도 훌륭했고 지금 나에게 필요한 말이 무엇인지 너무나 잘 알고 있었다. 모든 것에 너무나 능숙해 마치 교과서 같았다. 심지어 이런 그의 능력은 내 실험에도 영향을 미쳤다.

"또 그 표정이네. 실험 안 풀리면 나오는 표정. 뭔데? 뭐가 문젠데."

"스테인리스 스틸."

"그게 스댕이라고 부르는 그건가? 녹 안 생기는 철?"

"응."

"근데 그게 왜?"

"그게 참 좋은데, 단점도 많거든."

"말해 봐."

이전 남자 친구들은 이런 말을 싫어했다. 지들 고민도 해결하기 힘들다는 이유로.

"그 스댕도 종류가 여러 가지인데, 내가 연구하는 스댕은 너무 단단해서 성형이 힘들어. 원하는 모양으로 만들려면 비싸. 그리고 스댕에 필수적으로 들어가야 하는 게 크롬이나 니켈 같은 애들인데, 걔네들도….."

"비싸고."

"맞아."

"식재료랑 똑같네. 걔들도 괜찮은 건 항상 비싸거든. 그래서 이해가 너무 잘 된다. 고생이 많겠어. 근데 왜 꼭 크롬을 넣어야 해?"

"철에 크롬을 넣은 걸 스댕이라고 불러. 다른 거 넣으면 다른 게 되는 거지."

"그러면 크롬보다 부드럽고 싼 애들은 없어?"

"있지."

"뭔데?"

"아연."

"아연? 은아연?"

"응. 나."

우리는 웃었다. 이것마저도 교과서 같았다.

"Zinc라는 물질이 한글로 아연이야."

"그럼 그걸로 합금하면 되는 거 아닌가?"

"근데 그게 안 돼. 불가능해. 녹는점 때문에."

나는 그에게 조금 더 자세히 철과 아연의 합금이 불가능한 이유에 관해 설명했다.

"안 되는 게 어딨어. 우리 Free food 때 콜라 없이 수프랑 햄버거 주는 거 생각해 봐. 사람들이 처음엔 고개 갸웃해도 결국엔 엄지 내밀잖아. 아연이 너도 그랬고."

"그랬지."

"그리고 음식에도 알코올 쓰는 거 알지? 알코올은 원래 강한 불에 다 날아간단 말이야. 근데 종종 안 날아가는 경우가 있어. 그 메커니즘이 뭔지 모르겠지만, 아연도 안 날아갈 수 있는 메커니즘 있지 않을까?"

"1,600°C에서?"

"그래! 그러면 누가 알아? 철강 업계의 수프랑 햄버거 조합이 나올지?"

나는 피식 웃었다. 그의 얼굴이 귀여워서였다. 하지만 그로부터 한 달 뒤, 나는 교수님께 허락을 받고 철 아연 합금 실험을 본격적으로 시작했다. 교수님도 반신반의하셨지만 되기만 한다면 새 역사를 쓸 수 있다며 격려해 주셨다. 물론, 지금 하는 연구에 방해되지 않아야 한다는 조건은 있었다.

"철 아연? 다시 생각해 봐."

이태우였다. 내 첫 번째 남자 친구. 어디서 얘길 듣고 왔는지 지나가다 우연히 마주쳤는데 대뜸 말을 걸었다. 교수님이 괜찮다는데 뭔 훈수야.

"내가 알아서 해."

뒤늦게 안 사실인데, 이놈은 연구실의 몇몇 여자들과 키스를 해본 사이였다고 한다. 심지어 심각한 키스 중독이라는 소문도 돌았다. 희생자들의 증언에 의하면, 엄마가 키스하지 말라고 했던 말을 모성애 자극 무기로 사용했다고 한다. 그래. 그럴 수 있지. 하지만 내가 안 당해서 참 다행이었다.

그래도 세 번째 남자와 한동안 참 행복했다. 그런데 이놈의 인생은 지랄 맞게도 행복한 사람들을 가만두지 않았다.

『아연아···.』

"오빠? 한밤중에 갑자기 웬 전화야?"

『나···. 어떡해.』

이 남자는 목이 메 제대로 된 말을 하지 못했다.

『박미경 권사···. 엄마···.』

뇌출혈이었다. 우리 아빠처럼 평소에 고혈압이 있으셨던 박미경 권사는 아무런 말 없이 천국으로 가셨다. 인사라도 해주시지. 그때부터 우리 사이는 조금씩 이상해졌다.

"살기 싫다는 게 이런 느낌일까. 이렇게 또 하나 배우네."

"그만해."

모든 걸 다 아는 교과서가 뭘 더 배우고 싶었는지, 항상 밝기만 했던 그는 만날 때마다 어두워져 갔다.

"오늘은 어땠어?"

질문의 횟수도 내가 더 많아졌다.

"똑같지 뭐."

"그 문제는 잘 해결됐어? 셰프님이랑 싸웠던 거."

"때려 치려고."

그의 의욕은 점점 소멸해 갔고 그럴수록 그와 함께였던 나도 무언가를 자꾸 잃어가는 것만 같았다.

"아빠한테 연락했어?"

"이따가 할 거야."

"이따가 언제? 그때 엄마가 했던 말 기억 안 나? 어르신들은 기다려주지 않아."

맞는 말이었다. 역시나 뻔한 교과서적인 말이었다. 그런데 왜 이 교과서는 사람을 힘들게 하는 걸까.

그런데 이상한 건, 그의 이 뻔한 교과서적인 말이 내 삶도 완전히 바꿔놨다는 거다. 어쩌면 나 역시도 박미경 권사의 죽음에 큰 충격을 받아서 일 수도 있었다.

"네, 아빠."

『웬일이냐? 네가 이 시간에 전화를 다 하고.』

"이제 출근하시죠?"

『이미 했지.』

"왜 이렇게 빨리?"

『돈 많이 벌어야 하니까.』

"쉬면서 하세요. 혈압약은?"

『너는 혈압약 얘기밖에 할 줄 모르냐? 전화만 하면 혈압약, 혈압약.』

"걱정되니까 그렇죠. 별일은 없죠?"

『없다. 사소한 것들 몇 개 빼곤.』

"사소한 것들이라뇨?"

『철공소 상가 주인이 자꾸 시비를 거네. 화장실 물 역류한다고. 짜증 나 죽겠어.』

"원인이 뭔데요?"

『금속 가루가 배관을 막는다는데, 화장실에 금속 가루 들어갈 일이 뭐 있어?』

"이상하네."

『됐다. 너는 신경 쓰지 마라. 공부나 열심히 해.』

교과서의 주입식 교육과 박미경 권사의 죽음은 날 걱정투성이 딸로 만들었다.

그러던 어느 날, 내가 그와 헤어져야겠다고 생각하게 된 그의 대사가 있었다.

"아무것도 하기 싫어."

여전히 의욕 없이 살던 그가 뱉은 말이었다. 그리고 그의 이 말에 '너와의 연애도'라는 문장이 숨겨져 있음을 나는 알았다. 동생과 엄마에 대한 그의 상실감은 내 사랑마저 휩쓸었고 1,600°C는커녕 그저 25°C일 뿐인 상온에서, 나 은아연을 날려버렸다.

하지만 그는 먼저 헤어지자고 말할 사람이 아니었다. 그래서 내가 결심했다.

"우리 헤어져."

내가 이 말을 던지자 그는 한동안 나를 바라봤다. 나도 그의 눈을 응시하다가 천천히 시선을 내렸다. 그렇게 우린 오랫동안 찬바람만 맞고 서 있었다.

"그래. 그러자."

그의 이 대답은 무척이나 서운했다. 내가 왜 이 말을 했는지는 묻지도 않았다. 교과서라서 이미 다 알고 있다는 건가. 잔인한 새끼.

"그동안 고마웠어. 너는 잘 살 거야. 나중에 졸업하면…."

"졸업 안 해."

"무슨 소리야? 논문 디펜스가 6개월 뒤라며."

"한국 갈 거야."

"박사 수료까지 다 해놓고 왜…. 졸업은 해야지. 겨우 6개월 남겨두고…."

"오빠랑 박미경 권사님 덕분에 우리 아빠에 대한 사랑이 너무 커졌나 봐."

그제야 그의 흐리멍덩했던 눈빛은 조금이나마 밝아지려 했다.

"고마웠어. 오빠 참 좋은 사람이야. 그러니까 뭐든 잘할 거야. 잘 지내."

실제로 그는 좋은 사람이었다. 박미경 권사의 죽음 이전에 보여준 그의 교과서적인 능숙함은 날 행복하게 했다. 거기에 효심까지 일깨워 줬고. 그렇게 11월 말, 나는 모든 걸 정리하고 한국으로 돌아왔다.

"6개월 뒤에 졸업한다고 할 땐 언제고 갑자기 왜 온 거냐! 과정 전부 마치지도 않고!"

"그냥 한국 오고 싶었어요. 어차피 휴학하고 온 거라 나중에 다시 가도 되고."

나는 굳이 내가 돌아온 이유에 대해 말하지 않았다. 하지만 아빠는 이미 알고 있는 것 같았다. 자기 때문이라는 것을. 그래서 아빠는 나만 보면 짜증을 냈다. 이렇게라도 하면 다시 미국 가서 유학 마무리할까 봐.

"여기 내 일터야! 네 일터가 아니고!"

"딸이 아빠 일하는 거 도와주겠다는데 뭐가 그리 불만이 많으셔."

"네가 뭘 안다고."

"아빠 딸 철강 박사야. 아니, 자기가 다 키워놓고도 모르시면 어떡해."

- 깡! 깡!

그렇게 나는 아버지의 문래동 철공소에서 망치를 두드렸다.

"맨날 여기 있지 말고 가서 취업을 해! 남자라도 만나던가!"

"알아서 할게요. 화장실 문제는 해결됐어요?"

"아니. 요즘도 물이 역류해. 이 건물 화장실 쓰지 마라. 이 집주인 할배가 그것 때문에 계속 귀찮게 하네. 지난번에는 어떤 조끄만 게 다짜고짜 찾아와서 카페 열겠다고 철공소 내놓으라고 하질 않나."

"카페요?"

"그래. 어휴 정말."

이 짧은 대화가 오간 다음 날, 아빠는 바로 선 자리를 만들었다.

"아니 내가 알아서 한다니까!"

"하루 종일 여기에 처박혀서 망치만 두드리는 놈이 알아서 잘도 하겠다! 일단 나가! 대기업 과장이란다!"

"이런 인맥은 또 어디서…."

"그냥 가라면 좀 가!"

그렇게 12월 초. 나는 낯선 남자와 만났다. 세 번째 남자 친구와 헤어진 지 한 달도 지나지 않은 상태였다.

"M.I.T요? 우와."

"네…."

생각보다 이 남자와의 대화는 잘 통했다. 마음이 생길 정도는 아니었지만, 궁금하긴 했다. 그런데.

"네 학력이 부담된다더라. 사내새끼가 뭔 질투가 그리 많은지…."

그 남자의 속마음은 달랐다. 순간 짜증이 솟구쳤지만 그리 큰 타격은 없었다.

"이번 주도 또 있어. 그러니까 너무 상심 마."

아니, 도대체 어디서 자꾸 남자들을 데려오시는 거야. 한국에 괜히 왔나.

"미소가 되게 예뻐요."

두 번째 소개팅남이 날 처음 보자마자 한 말이었다. 내가 자리에 앉기도 전이었다. 원래라면 날 기분 좋게 하는 이 능숙한 멘트가 그리 싫지 않았을 거다. 그런데 얼마 전 헤어진 남자 친구가 생각났다. 그 교과서. 그래서 나는 그의 이 능숙한 느끼함이 너무 싫었다. 그를 떠올리게 하는 모든 교과서적인 것들이 싫었다.

"저 그렇게 예쁜 사람 아니에요."

그래서 나는 자리에 앉지도 않고 그에게 이 말을 던진 뒤 그대로 돌아 나왔다. 예의가 아니란 걸 알았지만 이 남자와 함께 있으면 내가 울기만 할 것 같아서 그랬다.

"왜 그랬냐. 싫으냐? 내가 이렇게 해 주는 게?"

아빠의 목소리는 몇 년 만에 처음으로 낮은 톤이었다.

"그냥…. 그래요…."

"미국에서 무슨 일이라도 있었던 거야?"

"아니에요. 별일 없었어요…."

그 후 아빠는 내가 뭘 하든 별다른 잔소리를 하지 않으셨다. 심지어 내가 철 아연 합금 실험을 한다고 했을 때마저도.

그래도 평생 여기에만 있을 순 없으니 틈틈이 취업을 알아보려 했다. 그게 그나마 아빠의 걱정을 조금이나마 더는 행동일 것 같았다.

『네. 디에스코 인사팀 백혜수입니다.』

"안녕하세요. 수시 채용 관련해서 문의드리려고요."

『수시 채용이요? 지금 수시 채용 공고 나간 게 없을 텐데.』

"그래서요. 작년까지만 해도 경력직이나 박사 학위자들은 수시 채용이 있던데 왜 요즘은 없나 궁금해서 전화 드렸거든요."

『아, 음…. 기사 보셔서 아시겠지만, 철강 업계가 그리 좋지 않잖아요. 그래서 그렇게 됐네요. 카이스트, 서울대 심지어 M.I.T 나와도 요즘은 철강 업계 취업이 좀….』

"혹시 내년에라도 계획은 있으실까요?"

『현재로서는 없을 것 같네요.』

그런데 그때.

『지금 누구랑 통화하는 거야!?』

수화기 너머로 또 다른 사람의 목소리가 들려왔다.

『문의가 들어와서요….』

『내가 함부로 얘기하지 말라고 했지! 아니 요즘 신입들은 왜 이렇게 말을….』

- 뚝.

전화는 끊겼다. 아무리 어려워도 인사팀은 신입을 뽑나 보다. 그러던 어느 날.

"제가 수도대학교에서 금속 재료를 공부하는 친구인데요."

김철이란 놈을 만났다. 짧은 머리 스타일과 검은색 맨투맨 위에 입은 파란 청재킷이 잘 어울리는 귀여운 청년이었다. 거기에 수도대학교에서 금속 재료를 공부하는 놈이라니. 선배고 동기고 후배고 친하게 지낸 사람이 드물었지만, 그래도 학연은 무시할 수 없었는지 잘해주고 싶은 마음이 생겼다.

"하나 정도면 해줘요."

4장. 내 이름은 은아연

그래서 어느새 나는, 샘플을 만들어달라는 그의 요청을 받아주고 있었다.

"혹시 얼마…. 일까요?"

"그냥 해드릴게요."

이 말을 뱉고 난 뒤, 김철과 대화하고 싶었다. 지금 철강 업계가 어려운 건 알고 있는지. 취업 준비는 잘하고 있는지. 하지만 그러면 괜히 불편해할까 봐 입을 꾹 다물었다.

그런데 그로부터 몇 시간 뒤, 갑자기 전화 한 통이 걸려 왔다.

『안녕하세요. 은아연 박사님 되시죠?』

"네, 그런데요."

아직 박사는 아니지만…. 이름은 맞으니까.

『수도대학교 교무팀인데요. 다름이 아니라 강무광 교수님 알고 계시죠?』

"네. 학부 때 금속 재료 연구실에서 근무한 적 있었어요."

『네…. 그런데 이번에 교수님이 사임하셨어요.』

"네?"

『그래서 후임 교수님을 급하게 찾고 있다가 이렇게 연락드리게 됐습니다. M.I.T에서 금속 재료 공부하셨다고 들었는데 맞으실까요?』

"네, 맞습니다."

『그래서 박사님을 저희가 조교수로 초빙하고 싶은데….』

"보통 그러면 채용 공고가 올라가지 않나요?"

『일반적으로는 그렇지만 이번엔 조금 급하게 뽑아야 해서요. 그렇다고 불법이나 그런 건 아니에요.』

"저는 아직 졸업 전인데."

『일단 그건 걱정 마세요. 그런 경우도 긴급 상황 시에는 초빙이 가능하도록 돼 있어요. 나중에 조교수로 지내시다가 적응되시면 한 학기 동안 다시 미국 가서 졸업 준비하셔도 되고요.』

"그래요?"

『네. 그런데 조금 급해서 의사를 빠르게 알려주시면···.』

"할게요."

다음 주 월요일, 나는 새벽부터 출근해서 방을 꾸몄다. 강무광 교수님 방을 그대로 받는 거라 넓어서 좋았다.

어느덧 9시가 조금 넘어서 대학원생을 만나러 금속 재료 연구실로 향했다. 그때 봤던 청재킷을 입은 김철이 내가 만날 사람이란 것은 이미 파악하고 있었다. 문제는 어떤 놈인지를 몰라서 대화하러 가는 게 조금 긴장됐다는 거다. 철강 쪽을 공부하는 사람들은 이상하게 예민하고 차가운 사람이 많았다. 나도 그런가. 그런데.

- 흑흑흑흑.

금속 재료 연구실의 문은 열려있었고 그 안에서 흐느끼는 소리가 들려왔다. 들어가 보니 김철이 의자에 앉아 울고 있었다. 뭐지 이놈.

나는 천천히 그에게 다가갔다. 그리고 무슨 이유인지는 모르

4장. 내 이름은 은아연

겠지만 어쨌든 울고 있었기 때문에 어깨를 토닥이려고 손을 뻗었다. 그런데.

- 휙!

이놈이 갑자기 고개를 쳐들었다. 그 바람에 이놈 눈물이 내 엄지에 묻었다. 순간 짜증이 올라왔지만 울고 있는 놈 앞에서 표를 낼 순 없어서 그냥 작게 말했다.

"울지 마요."

그러자 이놈은 눈물을 머금은 눈으로 날 올려다봤다.

- 콩닥.

뭐지! 눈빛 공격이란 게 이런 건가? 장화 신은 고양이가 두 손을 가지런히 모아 누군가를 올려다보는 그림을 본 적이 있다. 지금 이놈 표정이 그랬다. 그래서 괜히 짠하면서 동시에…. 심장이 뛰었다. 나보다 네 살이나 어린놈인데. 아, 짜증 나.

"은아연이라고 해요. 금속 재료 연구실에 새로 온 조교수."

그래도 일단 일은 일이니, 대략적인 연구실 재정 상황에 대해 들었다. 그런데 이건 너무 심각했다. 강무광 교수님의 사임 이유가 짐작되기도 했다.

"그런데 굳이 왜? 왜 계속 스테인리스 스틸 하려고 해요?"

"그게 취업에 더 유리할 것 같아서요."

"취업…. 공식 같은 건가? 사람들이 많이 연구하는 걸 해야 취업이 잘 되는 게."

교과서, 공식. 지긋지긋한 것들.

"아무래도 회사입장에서는, 같은 조건이라면 조금 더 일에 익숙한 사람을…."

그래. 어쩌면 철 아연 합금이 될 거라고 생각한 내가 이상한 사람일 수 있지. 죄 없는 대학원생을 괜히 이상한 길로 이끌지 말자.

[오전 11시 비행기입니다.

내일 오전 10시에 김포공항에서 뵙겠습니다.]

"이 비행기, 11시 도착 비행기예요."

"죄송합니다, 교수님."

뭐지, 이 당황스러운 상황은. 그런데 나도 부끄러웠다. 상황이 여기까지 온 건 나도 확인을 제대로 안 했다는 뜻이었고 실제로도 그랬으니까.

"죄, 죄송합니다, 교수님. 다른 호텔인 것 같습니다."

호텔까지도…. 내가 민망해지네. 나는 왜 내가 가는 학회를 제대로 확인하지 않은 걸까. 이제 여긴 내 연구실이고 애는 내 학생인데.

"정말 죄송합니다, 교수님. 제가 게스트하우스 가겠습니다. 내일 9시에 모시러 오겠습니다. 죄송합니다."

후우…. 나도 나지만 얘도 참 고생이 많다. 아까 밥도 제대로 못 먹던데.

"같이 자요. 연구비 없다며."

"그래도…."

"이봐요 김철 학생. 나 못 믿어?"

일부러 씩씩한 척했다. 안 그랬다간 장화 신은 고양이 눈빛을 또 볼 수도 있었으니까. 한 번 더 보면 좋으려나. 모르겠다. 무슨 일이야 일어나겠어?

다음 날. 정말로 아무 일 없었다. 얘기라도 좀 나눠보고 싶었는데.

"어? 아연이?"

뭐야. 예전에 그놈인가? 후배들 기강 잡는다고 학교 휘젓고 다닌 놈.

"선배!"

그래도 자리가 자리인 만큼 아는 척은 하자. 뭔가 도움이라도 받을 수 있으니.

"어. 형한테 들었지. 이태우가 내 형이잖아. 친형. 한국 왔다는 소식도 들었어."

이태우가 형이라고? 그럼 이 새끼도 키스 중독인가? 그런데 이놈 이름이 뭐였지? 명함은 받았는데 이름은 확인 안 했네.

"그래요, 반가워요. 나는 디에스코 구매 기획팀장 이채우라고 해요."

아, 맞네. 이놈 이름 이채우였지.

"사임? 이게 무슨 일이야…. 잠깐만, 너 여기서 계속 밥 먹을 거지?"

"네."

"기다려. 나도 여기로 자리 옮길게."

하아…. 우리가 언제 친했다고 밥을 같이 먹겠다는 거야.

"저…. 학부는 대전에서 나왔습니다."

"그럼 우리 수도대학교에 학력 세탁하러 온 건가?"

이 개새끼가 감히 내 학생을 능멸해? 어떡하지. 참아야 하나? 너무 화나는데. 김철 저놈은 왜 또 가만히 있는 거야. 얘가 디에스코 다닌다고 풀 죽은 건가?

"그럼 나가서 한잔하자. 오랜만에 만났는데."

"선배는 일행 없어요?"

이쯤 되면 알아듣고 제발 꺼져라.

"있는데 다 밑에 애들이야. 그냥 무시해도 돼. 나가자. 제주도까지 왔는데."

"철 씨는…."

"저는 그냥 숙소 가겠습니다. 몸이 안 좋아서요."

어쩔 수 없이 김철을 돌려보내고 이채우와 밖으로 나갔다.

"너 많이 예뻐졌다. 옛날엔 존재감도 없던 애가."

"그래요?"

나는 힐끔힐끔 주변을 둘러보다가 호텔 근처에 있는 골목으로 향했다.

"어디가? 여기 잘 알아? 남자 친구랑 자주 오는 데야? 아, 너 참. 우리 형이랑…."

"선배는요? 선배는 여자 친구랑 이런 데 자주 다녀요?"

일단 골목에 도착하지 않아 주변을 둘러보며 이 새끼의 말을 막았다.

"히야, 하하하. 깡도 생겼네. 오히려 좋아."

그러다 골목 한가운데에 도착했다.

"너 그러면…."

"뭐, 이 개새끼야."

"어?"

즐거웠다. 당황해서 동그랗게 변한 이채우의 눈을 보는 게.

"이 씨발 새끼가 나랑 언제 친했다고 아는 척해. 네가 뭔데? 회사에서 팀장 달아주니까 아주 신났어? 엄마가 너 이러고 다니는 거 아셔? 너도 키스 중독이야?"

"왜, 왜 그래…. 무섭게"

"왜 그러냐고? 네가 평소에 뱉는 말들 녹음해서 들어 봐. 욕이 저절로 나오지."

"내가 그 석사한테 장난한 것 때문에 그래?"

"장난? 사람들 앞에서 망신 주는 게 장난이야? 그럼 나도 네 멱살 끌고 길 한복판에 가서 장난쳐볼까?"

"아니 그깟 석사 놈이 뭐라고…."

"내 학생이야!"

이 말을 뱉는 순간, 이상하게 김철과 만나고 대화했던 장면들이 파노라마처럼 스쳐 지나갔다. 장화 신은 고양이 눈빛도.

"꺼져. 이제 너랑 같이 온 사람들이랑 놀아."

나 원래 이렇게 험한 말 못 하는 사람인데. 이게 몇 년 만에 해본 욕인지. 이 말을 던지고 나는 택시를 탔다. 그러고는 편의점에서 간단히 먹을 것들을 몇 개 사서 김철과 함께 숙소로 들어갔다.

"죄송합니다, 교수님. 어제부터…."

얼마나 마음고생을 많이 했을까. 안 봐도 뻔하다. 이럴 땐 살갑게 토닥여 줘야 하는데, 내가 그런 성격이 아니다 보니.

"한 번만 더 그 얘기 하면 얼굴에 맥주 뿌려버릴 겁니다."

자꾸 말이 험하게 나오네. 이게 다 이채우 그 새끼 때문이다. 에라 모르겠다. 이러면 얘도 좀 편해지려나?

"이왕 이렇게 된 거 그냥 말 편하게 해도 되죠? 어차피 내가 누나잖아."

"그럼요. 편하게 하세요."

그런데 갑자기.

"교수님."

"왜."

"저 밖에 있는 달을 봐주시겠어요?"

"뭐라는 거야, 갑자기."

"사랑해요."

순간 나는 어안이 벙벙했다. 뭐지, 이놈은? 그런데.

- 콩닥.

내 심장이 또 움직였다. 이번엔 장화 신은 고양이 눈이 없었는데도 그랬다. 일단 웃었다. 당황했지만, 정신을 차리고 머릿속에 떠오른 어떤 대사 한 마디를 말하려고 했다. 그런데.

"이제부터 저도 말 편하게 할래요…."

김철이 먼저 선수 쳤다. 나도 내가 해야 할 말을 하기 위해 김철의 입을 잠깐 막으려 볼을 톡 쳤는데 그만.

- 짝!

술을 좀 마셔서 힘 조절이 안 됐는지 턱을 때린 꼴이 돼 버렸다.

"야, 정신 차려! 야! 김철!"

그렇게 그는 그대로 뻗었다. 이러려고 그런 건 아닌데. 일단 나는 김철을 방에다 눕히기 위해 번쩍 들어 올렸다. 운동한 보람이 있었다. 그러자 그의 감은 두 눈이 나의 뜬 눈과 가까워졌다. 숨소리도 들렸다.

- 쿵덕.

내 심장 소리도 조금 커졌다.

"훗."

나는 애써 웃어넘겼다.

"나는 조교수고 너는 학생이야. 사랑은 무슨…."

나도 방에 누웠다. 그런데 잠이 오질 않았다. 김철의 '사랑해요'가 생각나서였다.

"화를 내는 게 맞았나? 아니, 본 지 얼마나 됐다고 벌써 사랑이야…."

그리고 미국에서 했던 연애의 순간들도 스쳐 갔다. 적어도 김철은 그 세 남자와는 완전 다른 유형이었다.

"요즘 트렌드인가? 보자마자 고백하는 게…."

말이 안 되는 건 아니었다. 뭐든 빨라지는 세상이다 보니 고백도 빨리하고 마음 안 맞으면 빨리 갈라서는 문화가 생겼을 수도 있었다. 생각해 보니 나도 얼마 전에 '저 그렇게 예쁜 사람 아니에요'라는 말로 앉기도 전에 거절한 남자가 있었다. 그러고 보면 김철은 어리숙한데 느끼함 없이 능숙한 유형이었다. 공식을 부숴버린 새로운 느낌이랄까?

나는 다시 일어나 그의 방으로 갔다. 그러고는 한창 잘 자는 그의 모습을 바라봤다. 그런데.

"귀여워."

나도 모르게 이 말이 입 밖으로 튀어나왔다. 그래서 짜증 났다.

"나는 조교수고 쟤는 학생이야. 정신 차려 은아연. 너 여기 놀러 온 거 아니야. 일하러 온 거야. 그런데 네 살 차이 정도면…. 아, 진짜 무슨 말을 하는 거야."

다음 날이 됐다. 눈을 일찍 뜨고 먼저 나갈 준비를 했다. 김철은 여전히 잘 자고 있었다. 그런데 갑자기 미안한 마음이 스멀스멀 올라왔다. 김철 입장에서는 그냥 '사랑한다' 한마디 한 것뿐인데 뺨 맞고 정신을 잃은 게 돼 버렸으니.

"김철 진짜 사람 신경 쓰이게 하네."

- 쓱쓱.

그래서 종이 한 장을 뜯어 메모를 남겼다.

[김철. 내가 누나로서 미안하다.

어제 밤은 일부러 그런 거 아니야. 나중에 밥 살 테니까 잘 풀어라.]

이 정도면 괜찮겠지. 난 이 쪽지를 어디에다 둘지 고민하다가 혹시 못 볼 수도 있을까 해서 신발에 올려놓았다. 그리고 잠시 후.

"안녕하세요, 교수님."

김철이 학회장에 왔다. 나는 나름의 에너지를 높여 그를 맞이했다.

"잘 잤어?"

"네…. 택시 타고 오셨어요…?"

그런데 김철의 반응이 차가웠다. 뭐지. 쪽지 못 봤나?

"어."

민망해진 나는 말을 아꼈다.

"다음 주에 뵙겠습니다."

그렇게 우린 말없이 김포까지 왔고 말없이 서로의 집으로 향했다.

다음 주 월요일.

"들었지? 내일부터 새벽에 철공소로 출근해."

"네…."

새벽은 좀 심했나? 혹시 내가 벌주는 거라고 생각하면 어떡하지? 그런 거 아닌데.

"그런데 가스 방식은 써 봤어? 거기 용해로는 우리 거처럼 전기 용해로 아닌데. LPG로 돌리는 가스 용해로인데."

"아…. 안 써봤습니다."

"알겠어. 그럼 내일 철공소 앞에서 샘플 들고 새벽 6시에 만나."

그래도 내가 같이 가면 괜찮겠지.

"잘 왔네. 안 늦고."

"네."

우린 새벽부터 문래동 입구에서 만나 인사를 나눴다. 그런데 그때.

- 저벅저벅.

어떤 여자가 모자를 푹 눌러쓰고 우릴 향해 걸어왔다. 여긴 원래 예술가들이 많이 있는 곳이라 새벽 작업을 했나 싶었다. 그래서 속으로만 응원하고 철공소로 가려는데, 김철의 시선이 그녀를 따라갔다.

- 쿵!

나는 상당히 불쾌했다. 마치 타고 있던 엘리베이터가 갑자기 추락하는 느낌이었다. 모자를 눌러썼지만 딱 봐도 나보다 예쁘지도 않은 애였는데 저렇게 시선을 준다고? 그것도 대놓고? 이놈은 지난주만 해도 나한테 사랑한다고 말하지 않았나? 근데 갑자기 이렇게 태세를 전환해? 아니지. 그때 다짐했잖아. 김철은 그냥 애야. 쟤 나이면 충분히 여자 좋아할 나이지. 근데 그래도…. 아, 몰라. 짜증 나.

"가자. 저 건너편에 순댓국 맛집 있어."

일단 신발 메모에 밥은 산다고 적어놨으니까 약속은 지켜야지. 그런데 밥 다 먹고 세 시간 동안 뭐 하지? 먼저 간다고 해야 하나. 아니지. 김철이 갑자기 아까 그 여자애 찾아 나서면 어쩌려고. 일단 잡아 둬. 그런데 왜 갑자기 지나가는 경찰차는 그윽하게 쳐다보는 거야.

"뭐 마실래?"

아니 근데 얘는 왜 몇 시간을 걸으면서 한 마디도 말을 안 해!? 내가 분명 사과하지 않았나? 쪽지로 한 사과는 사과가 아니라는 거야, 뭐야.

"저는…. 저지방 우유로 만든 디카페인 에스프레소 프라푸치노 마시겠습니다. 생크림은 반 만 올려서요."

메뉴 시키는 것도 짜증 나.

"가자. 따라와. 저기에 주차해 놨으니까."

일단 학교 가면 좀 안정이 되겠지. 불편해 죽겠네.

"김철 오빠! 나랑 얘기 좀 해요."

얜 또 뭐야, 갑자기. 그것도 학교에서 아침 9시에.

"교수님 같은 소리 하네. 오빠 지금 여자 친구 있는데 나 만난 거야?"

하아…. 김철 이 새끼 진짜. 이젠 내 앞에서 대놓고 질투 유발 작전?

"나 먼저 들어갈게요."

짜증 나, 짜증 나! 오늘 아침부터 왜 이렇게 짜증 나는 건데. 김철 이 새끼 뭔데!

나는 내 방으로 올라가 창문을 열고 김철을 찾았다. 김철과 그 여자는 1층 구석에서 티격태격했다. 그런데 갑자기.

- 퍽!

뭔가 터지는 소리가 들렸고 김철은 가슴을 부여잡았다.

"저년이!"

그러자 나도 모르게 욕설이 튀어나왔다. 나 원래 이런 여자 아닌데. 도대체 한국 와서 바뀐 게 뭐가 있다고. 그런데 김철은 왜 맞은 거야?

가슴을 한 방 맞은 김철은 터벅터벅 걸었다. 아마 연구실로 들어가는 거겠지. 나도 일이나 해야겠다. 안 그래도 조교수 채용 관련 서류 제출할 것도 많이 남았는데.

- 타닥 타닥 타닥.

일단 편한 옷으로 갈아입고 키보드를 두드렸다. 그런데 집중이 안 됐다.

"후우…."

김철과의 이 불편한 관계를 끝내고 싶었다. 도대체 뭐가 문제인 건가. 물론 남자 입장에서 뺨 맞고 기절한다는 건 자존심 상하는 일이긴 하겠지만, 그렇다고 내가 폭력을…. 잠깐. 아까 김철이 경찰차를 유심히 보던데. 혹시 신고하는 건 아니겠지? 그러면 바로 조교수 채용 취소되고…. 안 돼. 그럴 순 없어!

나는 곧장 일어나 금속 재료 연구실로 뛰었다. 이렇게 불안하고 불편한 채로 시간을 보낼 수 없었다.

- 철컥.

그런데 뭐지? 문을 열자, 김철은 다시 눈물을 머금은 장화 신은 고양이 눈으로 나를 바라봤다.

- 두근철렁!

이때, 나는 두 가지 생각이 동시에 솟아올랐다. 일단 '저 눈빛은 여전히 귀엽다'라는 즐거운 생각 하나. 그리고 저 눈물이 의미하는 게 혹시 '자기 지도교수를 신고했다는 죄책감으로 인해 흘리는 거면 어떡하지?'라는 불안한 생각 하나.

- 철렁!

이 짧은 순간, 두 생각은 서로 싸웠고 결국 불안한 생각이 승리했다.

나는 그에게 천천히 다가갔다. 일단은 사과하며 정말 신고했는지에 대해 알아봐야 했다. 그런데 그때, 고개 숙인 그의 어깨 뒤에 머리카락 하나가 붙어 있는 게 보였다. 약간의 친절이라도 베풀면 혹시 나를 더 빨리 용서해 줄까 싶어 허리를 숙인 뒤, 앉아 있는 그의 어깨 뒤에 붙은 머리카락을 떼어주려 했다. 그런데.

- 훅!

갑자기 김철이 허리를 세우고 고개를 들었다.

"흡."

그리고 동시에 나와 그의 입술은 한 곳에서 만나버렸다.

5장

오해의 끝은 언제나 재회

✤ 철 ✤

- 훅!

교수님이 날 밀어내셨다. 왜?

"어어…."

짧은 순간의 행복을 경험했지만 당황스러운 건 어쩔 수 없었다. 그리고 교수님은 갑자기 등을 보이셨다. 익숙한 전개였다. 아, 실수하신 거구나. 드라마에서도 갑자기 키스해 놓고 실수라고 사과하는 장면이 종종 나왔다. 솔직히 그게 왜 실수인지는 이해가 안 됐지만, 실존하는 실수의 유형 중 하나겠지.

"저기…."

내가 아무 말 없이 어버버 거리자 교수님이 먼저 입을 떼셨다.

"신고…."

신고? 무슨 신고? 나를 성추행범으로 신고? 아니 왜! 키스는 교수님이 먼저 해놓고 왜! 오늘 진짜 최악이었는데 경찰서까지 간다고!? 경찰서는 내가 아니라 그 착한전기로 수리 기사가 가야 하는데!

내 머릿속에 최악의 상상들이 펼쳐졌다. 그래서 갑자기 이런 말이 튀어나왔다.

"솔직히 너무하신 거 아니에요?"

"어?"

일단 지르고 봤지만, 교수님의 얼굴을 보며 말할 순 없어서 땅만 쳐다봤다.

"교수님이…. 교수님이 먼저…."

"미안해. 내가 미안해. 사과할게."

어? 뭐지? 내가 원망과 투정의 말들을 내뱉기도 전에 교수님은 대뜸 미안하다는 말씀을 하셨다. 방금 신고하겠다고 말씀하신 분이.

"전부 다 미안해. 제주도에서 있었던 일들. 내가 사과할게."

뭐야 도대체 이 상황? 일단 나는 이미 멈춘 눈물을 닦고 천천히 일어섰다. 교수님의 사과 한 방에 나는 순한 양이 되고 말았다.

"제가 죄송합니다. 제주도는…. 아, 맞다. 죄송하단 말 안 하기로 했는데…."

"그러면 신고는 안 하는 거지?"

"신고요? 무슨 신고요?"

"그런 거 아니었어…?"

"저는 그냥…."

"그럼 왜 울고 있었는데?"

"그건…."

나는 다시 털썩 주저앉았다. 그리곤 잠시 망설이다 솔직하게 다 털어놨다. 교수님이랑 사이가 어색해서 힘들었고, 갑자기 소개팅했던 애가 말도 없이 찾아와 가슴팍 때려서 너무 아팠고, 그 와중에 실험은 망해서 하루 버렸고, 철강 업계는 힘들다는 말밖에 없고, 거기에 과제까지 취소돼서 144만 원 물어내야 하는 것과 사라진 인건비로 인해서 알바를 해야 할지도 모른다는 점까지. 물론, 목현희 얘긴 안 했다.

이 긴 이야기를 다 들으신 교수님은 내 앞에 의자를 끌고 와서 앉으셨다.

"그게 다야?"

"네에…."

"후우…."

뭐야. 지금 내가 이렇게 힘들다는데 겨우 보이는 반응이 안도의 한숨? 솔직히 서운했다. 심지어 교수님은 날 보고 웃으셨다. 아니, 왜? 아무리 예뻐도 이건 아니지.

"난 또, 세상 망한 줄 알았네. 나랑 사이가 어색해서 그렇게 힘들었어?"

5장. 오해의 끝은 언제나 재회

"좋을 건 없죠. 제 지도교수님인데."

"허이구."

갑자기 또 왜 웃으시는 거야.

"일단 걱정 마. 144만 원은 내가 해결하면 되지 뭐. 그리고 인건비는…. 3월에 새 과제 공고 뜰 테니까 그거 선정되면 5월부터 다시 받을 수 있을 거야."

"그게 그렇게 쉽지 않아요. 저도 작년에 다 해봤어요. 선정 하나도 안 됐고…."

"이젠 내가 있잖아."

은 교수님은 자신감이 넘치셨다. 확실히 강무광 교수님과는 달랐다. 그래서 믿음이 갔다. 하지만 해결되지 않는 것도 있었다.

"그래도 1, 2, 3, 4월 최소 넉 달은 생활비 벌어야 해요. 그래서 저녁에 일찍 퇴근해야 할 것 같은데…. 혹시 괜찮으세요? 주말만으로는 감당하기 힘들 거 같아서."

"아니. 가지 말고 그냥 공부해. 그 시간에 실험하거나 논문 써. 돈은 내가 빌려줄 테니까."

"네? 그래도…."

고마웠다. 정말이다. 그런데 동시에 창피했다. 그동안 돈 때문에 사람 앞에서 부끄러움을 느낀 적은 없었는데 처음이었다. 그래서 나도 모르게 고개를 숙였다.

"교수님 돈 빌리고 싶진 않아요."

"왜? 내가 빌려주겠다는데. 이자 많이 붙일까 봐? 걱정 마. 무이자 해줄게."

"그런 건 아니고요…."

"아니면 너 아직 나 사랑해서 그래?"

교수님은 웃으셨다. 장난이셨겠지. 근데 나는 그러지 못했다. 성장의 씁쓸함이 뭔지 제대로 느낀 김철이었으니까. 그래서 나도 모르게 욱하고 말았다.

"저 이제 그런 사람 아니에요!"

교수님의 두 눈이 동그랗게 변하셨다. 나도 놀라서 다시 고개를 숙이고 목소리를 낮췄다.

"그땐 죄송했어요, 정말로. 그런데 저 바뀌었어요. 성장의 씁쓸함이 뭔지도 알아요. 그러니까 제 과거로 장난치지 말아 주세요."

"그래. 미안…."

"누구나 성숙하지 못 한때가 있잖아요. 왜 그런 걸 가지고 놀리세요. 교수님도 나이가 있으신데…."

"뭐? 너 지금…."

아, 나이 얘긴 괜히 했다. 이렇게 또 후회가 쌓이며 차가운 적막이 잠시 흘러갔다.

"그래…. 내가 미안해. 사과할게. 내 잘못이야. 그래도 지금 너 되게 중요한 시기야. 이번 겨울방학이랑 다음 학기 어떻게 보내느냐에 따라서 인생이 달라질 수 있어. 그러니까 돈 빌려주는 거 받아."

"아니에요…. 그럴 수는 없어요, 교수님."

또 한 번의 적막. 슬쩍 눈을 들어 본 교수님의 표정에는 짜증이 묻어있었다.

"그래. 그럼 그렇게 해. 자유롭게 퇴근하고, 자유롭게 실험하고, 자유롭게 공부해."

"감사합니다."

"실험 재료들은 남아있어?"

"네…. 그래도 결과 뽑아낼 만큼은 있습니다."

"다행이네. 앞으로 랩 미팅 시간도 자유롭게 해. 대신 일주일에 한 번은 꼭 하고."

"알겠습니다."

"그리고 새벽엔 문래동 철공소 사용할 수 있을 테니까 용해로 걱정은 하지 마."

"네…."

내 목소리는 점점 작아졌다. 겨우 교수님이랑 사이가 가까워지려고 했는데 그깟 자존심 때문에. 왜 갑자기 거기서 욱해버렸을까. 겨우 장난이셨을 텐데.

"가볼 테니까, 뭐 있으면 연락하고."

교수님은 그렇게 떠나셨다. 나는 곧장 그 자리에 앉아 머리를 쥐어뜯었다. 방금 내가 뭘 한 거지. 분명 우린 키스까지 한 사이인데. 하아…. 김철. 너란 인간은 정말.

⚜ 아연 ⚜

 뭐야! 김철 저놈 뭐야! 사람을 가지고 노네!? 뭐? 이제 그런 사람 아니라고? 성장의 쓸쓸함이 뭔지 안다고? 장난 한번 친 거 가지고 뭘 이리 진지하게 굴어? 게다가 도움은 또 왜 안 받는 건데? 지금이 얼마나 중요한 시기인데! 아 짜증 나. 지금이라도 다시 돌아가서 선배로서 얘기해 줘야 하나? 아 정말 미치겠네. 김철 짜증 나!

⚜ 철 ⚜

 다음 날은 빨리 왔다. 당연히 실험은 손에 잡히지 않았다. 졸려서 그런 건 아니었고 어제 교수님과 있었던 삭은 설전이 계속 생각나서였다.
 철공소에 도착해 용해로에 철과 크롬을 넣어놓고 다시 밖으로 나왔다. 그러고는 쪼그려 앉아 멍하니 하늘을 바라봤다. 아직 검푸른 자국이 선명한 하늘 뒤엔 뭐가 있는지 보이지 않았다. 마치 내 인생 같았다.
 실험 결과를 기다리는 세 시간 동안 알바를 찾아봤다. 아쉽게도 내가 생각하는 이상적인 알바는 없었다. 하지만 뭐라도 해야 했다. 결국, 가장 쉽지만 돈은 적게 벌리는 평일 저녁 전단지 알바에 지원했다. 장소도 학교 근처라서 나쁘진 않았다.

"그래. 이거라도 되면 다행이지."

새벽이 흘러 아침이 됐다. 완성된 샘플을 꺼내 학교로 향했다. 아침의 문래동 하늘엔 검푸른 얼룩들이 사라졌지만, 여전히 그 뒤에 뭐가 있는지는 보이지 않았다.

학교에 도착해서도 여전히 답답했다. 나는 메모지에 지금의 나를 상징하는 단어들을 끄적여봤다. 알바, 취업, 졸업, 실험 그리고 폭망.

"후우…."

말 그대로 나는 폭삭 망한 걸까. 그러면 이제 나는 어디로 가야 할까. 짧은 시간의 고민 끝에 폭망이라는 단어 옆에 자퇴라는 단어도 써 봤다.

"훗."

그랬더니 오히려 개운해졌다. 겨우 자퇴가 내 인생의 가장 밑바닥이라고 생각하니 마음이 조금 편안해졌다. 의외로 메모 치료는 괜찮았다. 그런데 그때.

- 철컥!

"어이! 김철이!"

"어!? 선배!?"

피영구 선배가 들어왔다.

"육아휴직 다 끝났어요?"

"그냥 끝냈지."

"형수님은 괜찮으시대요…?"

"걔는 그냥 '예 알겠습니다, 서방님'하고 조아리기만 하면 돼."

이건 피영구 선배만의 유머였다. 실제로 형수님이 '예 알겠습니다, 서방님'이라고 말할 리는 없었다.

"뭐, 어려운 건 없고? 은 교수가 잘 해줘?"

"아, 네…. 근데 저 용해로가 고장 나서…. 그게 좀 문제예요."

"저거 없으면 너희 실험 못 하잖아."

"그래서 문래동 가요. 교수님 아버지가 철공소 하셔서."

"그렇구먼. 그런데 여자는?"

"여자요?"

"연애 안 해?"

"연애요? 갑자기?"

"이 새끼, 뭐 있는 거 같은데?"

"아…. 연애는 아니고…."

"있네! 뭐야? 누구야!"

"아니요. 그런 건 아니고…."

"그럼 뭔데? 빨리 말해."

"그냥 좋아하는 사람이 생기면 어떻게 다가가야 하는지를 모르겠어요."

"어떻게 다가가느냐…. 우리 철이 모솔이라고 했지?"

"네…. 뭐…. 사실상…."

"그래 우리 철이. 한창 연애하고 싶은 나이일 텐데…. 철이도 저 옆방에 예슬이 같은 애 만나고 싶겠지."

예슬이는 우리 학과 다른 연구실 대학원생이었다. 연예인을 닮아서 피영구 선배가 자주 언급하는 여학생이다. 물론 내 스타일은 아니었지만.

"하…. 진짜 예슬이 지나갈 때마다 샴푸 냄새가 진동을 해. 알지? 그때 딱 정수리에 파묻혀서…. 만약에 내가 네 형수 조금만 늦게 알았어도 예슬이랑 어떻게…. 크."

피영구 선배는 입맛을 다셨다.

"그리고 예슬이랑 같이 강의 듣잖아? 그러면 교수님 강의가 머리에 쏙쏙 박혀. 매주 그 강의만 기다린다니까? 아니 근데 얘는 왜 우리 연구실로 안 온 거야."

형수님이 피영구 선배의 이런 모습을 보면 많이 가슴 아파하실 거 같은데. 아닌가? 부부는 이런 농담도 대놓고 할 수 있는 존재들인가? 결혼은커녕 연애도 안 해봤으니 알 수 없었다. 다만 분명한 건, 나는 나중에 이러고 싶지 않았다.

"아무튼, 잘 들어. 내가 지금 말하는 건 수학의 정석 같은 사랑의 정석이니까."

어제 이 시간쯤에 한국연구발전재단 사람한테 공식은 죄악이라고 말했었는데. 틀 안에 가둬놓고 신세 한탄에 변명만 하게 만드는 죄악. 정석은 공식과는 좀 다르려나.

"일단, 여자한테 다가가려면 공기 같은 사람이 돼야 해."

"공기 같은 사람이요? 존재감 없는 사람?"

"그렇지. 여자들은 처음부터 존재감을 드러내면 부담스러워하니까."

"아하."

"일단 신경 쓰지 마. 무심하게. 뭔 말인지 알지? 눈길도 한 번 주지 마. 눈길 주는 순간 망한다."

"이해가 잘 안…."

"들어 봐 인마! 그러다가 인지를 시키는 거야. 인간이 살아가기 위해서는 공기가 필요하다는 걸. 그리고 그 상태에서 이렇게 툭, 툭."

피영구 선배는 오른쪽 검지로 내 어깨를 툭툭 눌렀다.

"공기가 여기 있다고 알려주는 거지. 이것도 힘 조절 엄청 중요하다. 알지!? 갑자기 주먹으로 빡! 때리면 그냥 도망가는 거야. 이게 진짜 중요해. 툭, 툭. 오케이?"

"네…. 툭, 툭."

"그러면 여자들이 '어마나! 여기 산소가 있었네? 내 생명을 지켜주는 나의 산소!'하고 널 계속 신경 쓰게 된다고. 그러면 끝이야. 고백 날짜만 잡으면 돼. 대신, 여자들이 '어마나!' 하기 전에 돌진하면 모든 게 물거품. 오케이? 여유를 갖고 툭, 툭. 이게 사랑의 정석이야 인마!"

"그러다가 놓치면요? 툭, 툭만 하다가."

"이거 봐. 이러니까 연애를 못 하지. 우리 철이 많이 조급하네."

"드라마에서는…."

"그거는 새끼야, 판타지잖아! 우리 철이 생각보다 심각한데?"

그런데 그때.

- 위이이잉.

문자 하나가 도착했다.

"누구야?"

"아, 아니에요."

"아니긴 뭘 아니야."

선배는 결국 내 휴대전화를 빼앗았다.

>[오빠. 진짜 마지막으로 딱 한 번만 만나 줘.
>그래도 아니면 깔끔하게 포기할게.]

호수향이이었다. 앱 메신저가 아닌 문자.

"야, 김철! 너 인마!"

나는 고개를 숙였다.

"이 새끼…!"

반면 피영구 선배는 신났다.

"이거 완전 여우 아니야!?"

"아니에요."

"순진한 척하더니 여자 후리는 놈이었네? 애 누군데?"

"소개팅 앱으로 만난 애요."

"일단 프로필 봐봐."

안 보여줬다간 큰일 날 것 같아서 앱에 있는 프로필을 보여줬다.

"얌마, 김철."

"네, 선배."

"예쁘네! 당장 나가!"

"근데 저는 마음이 없어요."

"이정도 애한테 어떻게 마음이 안 생겨!?"

"저는 잘…."

"하…. 이 새끼 이거…. 근데 잠깐만. 얘가 너한테 왜 들이대는 거야?"

"그건 모르죠."

"흠…."

피영구 선배는 턱을 쓰다듬었다.

"너 얘 처음 만났을 때 어떻게 행동했는데? 너도 모르게 툭, 툭 한 거 아니야?"

"제가요?"

"원래 남자들은 맘에 안 드는 여자 앞에서는 여유가 생기거든 자기도 모르게."

이 말은 좀 신선했다.

"너 진짜 연애 잘하고 싶지?"

"그렇죠."

"그럼 찍어보자. 이걸로 분석해 보자."

"네?"

"일단 나가. 그럼 내가 옆에서 찍어줄게. 네가 얘를 어떻게 대하는지. 정말 네가 툭, 툭 하는 건지 아니면…. 뭔가 다른 매력이 있는 건지."

"그게 될까요?"

"찍으면 바로 나와. 거울을 봐야 네 피부가 좋은지 안 좋은지 아는 거잖아."

틀린 말은 아니었다.

"당장 날짜 잡아!"

※ 아연 ※

수요일. 저녁에 차를 타고 퇴근한다. 조교수의 삶은 생각보다 고달팠다. 학과에 있는 선배 교수님들 한분 한분 일일이 찾아뵙고 좋은 말씀을 듣는 게 이렇게 힘 빠지는 일인 줄 몰랐다.

- 부우웅.

학교 정문을 나와 큰길로 나가기 전에 음식점들이 모여 있는 골목을 지나갔다. 김철이랑 이런 데라도 자주 와서 친해져야 하는데. 시간을 두고 생각해 보니 김철이 화가 난 것도 이해가 됐다. 그때 내가 '사랑해요'로 장난만 안 쳤으면 다시 서먹해지진 않았을 거다. 왜 나는 갑자기 장난을 치고 싶었던 걸까. 그런데.

"어?"

큰길로 나가기 직전에 김철이 보였다. 버스정류장과 지하철역 사이였다. 그리고 김철은 지금…. 전단지를 돌리고 있었다.

"하아…. 짜증 나."

도와준다니까. 기어이 내 마음을 이렇게 아프게 하네. 모르겠다. 자기가 결정한 거니까 알아서 하겠지.

목요일. 온종일 김철이 전단지를 돌리는 장면이 생각나 마음이 쓰였다. 그런데 이날 저녁도 전단지를 돌리고 있었다.
"아는 척하면 민망해하겠지…?"
퇴근길 차 안에서 김철을 보고 있자니 가슴이 시려왔다. 너무 그랬다.

금요일. 결심했다. 까짓거 가서 도와주지 뭐. 도와주면서 오해도 풀고 다시 친해지고…. 그다음에는…. 일단 거기까지. 다른 건 생각하지 말자. 그런데.
"없네."
없었다. 금요일 저녁에 김철은 전단지를 돌리지 않았다.

✤ 철 ✤

금요일이 됐다. 여전히 나는 교수님과 서먹했다. 겨우 이틀 전단지 돌려서 번 돈은 5만 원이었다. 계속 이러면 진짜 라면만 먹고 살아야 하는데.
오늘은 호수향과의 만남이 있는 날이었다. 그래서 전단지도 못 돌렸다.

"그래도 마지막이니까."

나는 이 말을 읊조린 뒤 합정으로 향했다. 역시나 파스타 가게이긴 했지만, 그 전과는 다른 곳이었다. 피영구 선배가 아는 장소였다.

"준비됐지?"

"네."

"철 씨 파이팅이에요!"

이번엔 형수님까지 오셨다.

"철 씨 응원하려고 아기도 맡기고 나왔어요."

"우리도 오랜만에 데이트할 겸."

"네."

나는 억지로 웃으며 답한 뒤 자리에 앉았다. 카메라로 찍는다니 긴장이 됐다. 제대로 안 찍히면 어쩌나 싶은 걱정도 있었다.

"오늘도 일찍 왔네, 오빠."

"응."

그리고 잠시 후, 많이 예뻐진 호수향이 도착했다. 처음에 나는 카메라를 의식해서인지 얼어 있었다. 그러다 시간이 흐르자 긴장도 풀리며 어느새 카메라는 잊어버렸다.

"솔직히 나는 오빠 같은 사람…."

호수향은 계속 무언가 말했다. 나에게 들리는 말은 없었다. 그런데 단 하나. 보이는 게 있었다. 그녀의 눈빛이었다. 뭐랄까….

호수향의 동공 안에는 말로 설명할 수 없는 어떤 단단한 알맹이가 담겨 있었다. 나는 그녀의 눈을 관찰하며 그걸 뭐라고 불러야 할지 생각했다. 결국, 내가 내린 결론은 '진심'이었다. 그래서 참 고마웠다.

"수향아."

나는 나지막이 그녀의 이름을 불렀다. 그러자 그녀도 말을 멈췄다.

"고마워. 진심이야."

내가 의도치 않게 무게를 잡자 마냥 밝게 웃던 호수향도 미소를 거둬들였다. 그래도 그녀의 두 눈에 있던 진심은 그대로였다.

"솔직히 나, 개뿔 아무것도 없는 사람이야. 가난한 대학원생인데 분야를 잘못 골라서 취업도 쉽지 않을 거 같고 어떻게 살아야 할지 정말 막막한 그런 사람이야."

"그게 뭐가 중요해. 그런 건…."

"그래서 고마워."

나는 그녀의 말을 막았다. 미안했지만 어쩔 수 없었다.

"이렇게 아무것도 없는 나를, 아무것도 아닌 나를 좋아해 줘서. 그런데…."

이때, 호수향의 눈에 눈물이 고이기 시작했다. 내가 그 눈물의 원인이라는 사실이 너무나 가슴 아팠다.

"나는 정말, 네가 여자로 느껴지지 않아. 왜 그런진 모르겠어. 네가 못 생겨서? 아니. 조건이 안 맞아서? 아니. 그냥 이유가 없어. 좋아하는 데에는 이유가 없다고 하잖아? 좋아하지 않는 데에도 이유가 없는 거 같아. 그래서 나도 가슴이 아파."

"그 여자 좋아하는 건 아니고?"

정곡을 찔렸다. 하지만 흔들려선 안 됐다.

"그건…."

"맞네."

이번엔 호수향이 내 말을 막았다.

"수향아…."

"알겠어. 고마웠어. 그래도 나한테 마지막 기회를 줘서."

그렇게 나와 호수향의 만남은 종료됐다.

"김철! 너 완전 멋졌어!"

피영구 선배는 들떠 있었지만 나는 기분이 그리 좋지 않았다.

"죄송해요, 선배. 제가 좀 피곤해서…. 먼저 가보겠습니다."

"그래. 그럴 수 있지. 잘 들어가. 영상은 내가 바로 보내줄게."

"감사해요."

집에 오고 나니 영상이 도착해 있었다. 영상 속 나는 꽤 진지했다. 피영구 선배가 말한 툭, 툭이 있었는지는 모르겠지만 나답지 않게 정말로 여유가 느껴졌다. 그리고 영상 속에서는 호수향의 진심이 담긴 눈빛도 관찰됐다. 그런 면에서 그녀는 나에게 진심을 알아볼 수 있는 눈을 선물해 준 거나 다름없었다.

✤ 아연 ✤

 토요일. 혹시나 해서 우연히 김철과 마주칠까, 금속 재료 연구실에 와 봤다. 그런데 없었다. 알바하러 갔나 보다.

 "후우…."

 언제까지 이렇게 냉각기를 가져야 하는 건가. 왜 자꾸 나를 불편하게 만드는 건가. 그렇다고 교수의 지위를 이용해서 무언가를 하고 싶진 않다. 그런데.

 "어?"

 김철의 책상에서 메모를 발견했다. 알바, 취업, 졸업, 실험, 폭망 그리고 자퇴.

 - 쿵!

 "김철 너 정말…."

 심장이 철렁 내려앉는 느낌이었다. 이렇게까지 생각해 본 적은 없었는데. 내가 그렇게 싫은 건가? 그게 아니라면 정말로 상황이 어려워서? 그러니까 내가 도와준다고 할 때 도움 받으면 되잖아. 괜히 자존심만 세워서.

 문득 제주도에서의 밤이 떠올랐다. '사랑해요'라는 말만 그렇게 던져놓고 도망간다고? 이 새끼가 진짜. 절대로 안 돼. 넌 절대 못 도망가. 가지 마, 제발.

✤ 철 ✤

 월요일 새벽. 여전히 막막한 심정으로 문래동 철공소로 향했다. 이제 은 교수님은 오지 않으셨고 목현희도 없었다. 그래서인지 이 철공소 골목도 더 이상 아름다워 보이지 않았다. 그런데.
 "어? 안녕하세요. 일찍 나오셨네요."
 "뭐야."
 교수님 아버지는 철공소 바닥에 쪼그려 앉으셔서 뭔가를 만들고 계셨다.
 "이번 주는 아연이한테 들은 게 없는데. 지난주만 새벽에 한다는 거 아니었어?"
 "아…. 제가 알기론…."
 "어휴, 은아연 이거 말도 안 하고. 빨리 써. 나는 아침이나 먹고 와야겠네."
 "감사합니다, 아버…. 아니, 선생님."
 교수님 아버지는 천천히 일어나셨다. 그런데, 갑자기 휘청거리시더니.
 - 쾅!
 옆에 있던 책상에 머리를 강하게 부딪치고 쓰러지셨다.
 "아버님!"
 나는 재빨리 뛰어가 아버님의 상태를 살폈다. 다행히 맥박은 있었지만 의식은 돌아오지 않으셨다.

"아니, 왜…!"

일단 119에 전화를 걸었다. 그리곤 잠시 후 도착한 그분들과 함께 수도대학교 병원으로 향했다.

그렇게 한 시간 정도가 지났다. 은 교수님이 황망한 표정으로 병실에 들어오셨다.

"아빠…."

나는 슬쩍 일어나 교수님께 자리를 양보했다.

"어떻게 된 거야!?"

교수님의 이 표정을 보는 게 참 힘들었다. 고통스러워하는 표정.

"새벽에 철공소에 계셔서 대화 좀 나눴는데, 갑자기 쓰러지셨어요."

"의사는? 의사는 뭐래?"

"제가 상황 설명을 하니까, 고혈압약 부작용 같다고 하시더라고요. 기립성저혈압."

"기립성저혈압?"

"네. 그리고 쓰러지실 때 책상에 머리를 강하게 부딪치셨는데, 일단 큰 문제는 없는 거 같고 이따가 깨시면…."

"뭘 그리 호들갑이야."

"아빠!"

호랑이가 제 말 했더니 왔다. 이렇게 반가운 호랑이는 난생처음이었다. 교수님도 그러셨는지 아버지의 품에 와락 안겼고 나

역시도 안도의 한숨을 내쉬었다.

"일해야 하는데…."

"일은 무슨 일이에요. 푹 쉬세요."

"이거 다 못 쳐내면 그 사람들이 이젠 나한테 일 안 맡기지. 그럼 돈 못 벌어."

"좀 쉬세요. 딸이 수도대학교 교수인데."

"어이."

교수님 아버지는 교수님의 말을 가볍게 무시하고 날 부르셨다.

"네."

"쇳덩이 좀 만질 줄 아나?"

"아빠!"

"어차피 매일 새벽에 철공소 올 거면 알바라도 하고 가면 좋잖아."

나는 두 눈을 동그랗게 말고 교수님을 바라봤다.

"얘 못 해요."

"네가 가르쳐 주면 되지!"

"바쁜 앤데…."

"할 수 있습니다. 해보겠습니다. 하고 싶습니다."

"그래. 잘 생각했다."

"아니…."

그렇게 나와 교수님은 어느새 문래동에 도착해 있었다. 이때는 오후였다.

"고마워."

철공소 앞에서 교수님이 말씀하셨다.

"아닙니다."

우리는 그렇게 잠시 눈을 마주쳤다. 평소 같았다면 교수님의 눈길을 피했겠지만, 이때는 그러지 않았다. 그리고 발견했다. 지난주 호수향에서 봤던 그 알맹이, 진심을.

"정말 고마워. 넌 나를 살린 거야."

이 말씀을 하신 뒤, 교수님은 천천히 다가와 나를 안아주셨다.

- 두근!

뭐지…. 이건…. 이번엔 밀어내지 않으셨다. 이번에도 내 두 팔은 어쩔 줄 몰라 허공에서 떨기만 했다. 솔직히 나는 내 두 팔의 팔꿈치를 그대로 접어서 교수님을 꼬옥 안아드리고 싶었다. 그러나 그럴 수 없었다. 비록 교수님의 두 눈에서 진심을 봤지만 그게 정말로 진심인지 확신할 수 없었고, 진심이 맞다 해도 사랑이 아닌 그저 고마움의 진심일 수도 있었다.

"들어가자. 아버지 일 알려줄게."

"네."

그렇게 꽤 길었지만 졸라 짧게 느껴진 포옹이 끝나고 우린 철공소 안으로 들어갔다. 또, 입. 김철 입조심해. 너 원래 이런 말 쓰는 애 아니잖아.

- 깡! 깡!

나는 본격적으로 교수님 아버지가 하시던 일을 배웠다. 내가 하던 실험이 반죽을 만드는 일이었다면 이 일은 케이크를 만드는 것과 같았다. 훨씬 더 복잡했고 어려웠지만, 보람도 있고 즐거웠다. 무엇보다 교수님과 같이 붙어서 뭔가를 할 수 있다는 게 참 좋았다. 물론 돈도 벌어서 좋았고.

"그런데. 너 자퇴해?"

일을 배우는 와중에, 갑자기 뜬금없이 교수님이 물어보셨다. 내 눈도 안 보시고.

"아니요. 자퇴는…."

설마! 내가 써놓은 메모 보셨나!?

"혹시 메모 보신 거예요? 그거 그냥 제가 멘탈 강화하려고 써놓은 거예요."

"멘탈 강화?"

"네! '지금 내 최악의 상황은 겨우 자퇴일뿐이다!'라는 일종의…."

"아하하하하하하!"

내 설명이 끝나기도 전에 교수님은 웃으셨다. 이렇게 크고 경박스럽게 웃으시는 모습은 처음 봤다. 그래서 좋았고 나도 웃었다.

이 웃음 이후로 분위기가 편해졌다. 그래서 많은 이야기를 나눴다. 교수님은 이때 처음 M.I.T에 대한 이야기를 해주셨고 나는 내가 다니던 대전의 대학 생활에 대해 말했다. 솔직히 처음엔 이 엄청난 격차에 기가 죽기도 했다. 그런데 계속 듣다 보니 결국 M.I.T도 사람 사는 곳이라는 생각이 들었다. 그곳에서 교수님도 나처럼 좌절을 달고 사셨다고 했다.

연애에 관한 얘기도 하고 싶었다. 교수님은 남자 친구가 있으셨는지 혹은 지금 남자 친구가 있으신지…. 그러고 보니 난 이것도 모르고 무작정 '사랑해요'라는 말부터 던졌다. 어쩜 이리 어리석을 수가 있나. 어쨌든 이 궁금증은 배 속 깊은 곳에서부터 목젖까지 올라왔지만 뱉지 않기로 했다. 실수해서 겨우 좋아진 관계를 망칠까 봐.

"그런데. 그때 걔는 진짜 누구야?"

"네? 누구요?"

"학교에 찾아왔던 여자애."

잠깐, 이러면 얘기가 달라지는데.

"소개팅을 한 적이 있었어요. 그런데 제 마음에 들지 않아서…."

"인기가 많나 봐? 여자애들이 그렇게 찾아오고 하는 거 보면."

현실을 알면 웃으실 텐데. 솔직히 여기서 '당연하죠. 제가 얼마나 인기남인데요'라고 말하고 싶었다. 뭐랄까, 첫 소개팅에서 무시당하기 싫어 큰 피자를 시켰던 심리라고 해야 할까? 잘 보이고 싶은 마음에서 나오는 일종의 허세. 그런데 난 그러지 않기로 했다. 교수님한테 거짓말은 하고 싶지 않았다.

"아니요. 인기 없어요. 다들 제가 싫대요."

"왜? 인기 있을 거 같은데."

"제가요? 아니에요."

5장. 오해의 끝은 언제나 재회

나는 가슴 아팠던 과거를 떠올리며 고개를 저었다.

"교수님은요?"

좋아. 자연스러웠어.

"나?"

"네. 교수님이야말로 인기 있으실 거 같은데."

"그렇지. 나는 인기 있지."

그래. 당연히 그럴 수밖에 없겠지. 저렇게 예쁘신데.

"근데 나도 지금 남자 친구는 없어."

어? 이걸 물어본 게 아닌데! 갑자기 이 말씀은 왜 하셨지? 그래도 일단 아주 좋은 정보 획득! 아니지 잠깐. 내가 이걸 알아서 뭐 해.

우린 이렇게 소소하지만, 즐거운 대화를 이어가며 철공소에서 시간을 보냈다.

- 드르륵!

일정을 마무리하고 철공소의 문을 닫으니 어느새 어두운 밤이 되어 있었다.

"감사합니다, 교수님. 내일부터 철공소로 출근해서 실험이랑 일 같이하고 저녁에 학교 가서 데이터 만들겠습니다."

"그래."

"그럼 내일 뵙겠습…."

"밥 먹을래?"

"네?"

"사줄게. 뭐 좋아해?"

- 두근!

이때, 내 심장이 갑자기 또 날뛰었다. 양쪽 입꼬리가 자꾸만 벌어지려고 해서 억지로 한 곳으로 모으느라 너무 힘들었다. 밥 먹자는 말이 그렇게 좋았나? 아침이었지만 교수님이랑 이미 밥은 먹은 적 있었고 심지어 우리는 같은 숙소에서 과자도 같이…. 그 생각은 하지 마. 아무튼, 왜 또 날뛰는 거지?

이 생각이 드는 순간, 이 어두운 문래동 골목을 밝히는 화려한 간판과 조명들이 꽃처럼 보였다. 형형색색의 야생화. 매일 다가오는 어둠은 끝을 의미했지만, 그 안에서 저항하는 작은 빛들은 삶의 의지를 의미했다.

"아무거나 다 잘 먹습니다."

"그래. 그럼 가자."

교수님은 나를 어느 고깃집으로 인도하셨다. 철공소 골목에서 그리 멀지 않은 곳이었다. 그리고 이 고깃집은 밤의 문래동답게 시각적으로 굉장히 화려했다.

"맛있어?"

"네. 헤헤."

나는 웃음이 절로 났다. 가난한 대학원생이라 냉동 대패 삼겹살만 먹었지, 두꺼운 식감의 고기를 맛볼 기회는 전무했으니까.

- 두근.

하지만 밥 먹는 내내 편하기만 했던 건 아니었다. 내 심장은 멈출 줄 몰랐다. 고깃집의 인테리어가 너무 좋아서 교수님이 더 예뻐 보이는 바람에 미칠 것 같았다.

"카페 갈까?"

"좋아요."

행복했다. 우리는 역시나 이 문래동 골목에 있는 어느 카페로 들어갔다. 철공소 현장 같은 거친 분위기의 카페였다. 서울은 참 새로운 곳이 많았다.

"저지방 우유로 만든 디카페인 에스프레소 프라푸치노 맞지? 생크림은 반 만."

"어? 네…."

교수님은 기억하고 계셨다. M.I.T는 아무나 가는 게 아니구나.

"좋다."

카페의 구석진 자리에 앉자마자 교수님이 말씀하셨다.

"네?"

"분위기 좋다고."

"아…. 네. 신기한 것 같아요. 대전에도 공장 같은 카페는 많은데 이렇게 철공소를 그대로 옮긴 것 같은 카페는 없거든요."

"맞아. 나도 그래서 좋아. 문래동은 쇠 냄새랑 커피 냄새가 같이 나서. 양송이수프에 햄버거를 같이…. 아니…. 아니지…."

시종일관 미소 짓고 계시던 교수님의 표정이 살짝 어두워지셨다. 뭐지?

"아무튼…. 좋네. 분위기."

- 후르흡.

음료가 나와서 마셨다.

- 두근.

그런데 주문이 잘못 들어가서 디카페인이 아니었는지, 심장이 더 벌렁거렸다. 아까 밥 먹을 때보다 더. 그래도 좋았다. 오늘 잠 좀 못 자면 어떤가. 이렇게 행복한데.

"그런데 김철."

이런저런 대화가 오가다 갑자기 교수님이 내 이름을 부르셨다.

"네, 교수님."

"정말 고마워."

교수님은 내 눈을 똑바로 바라보셨다. 이때도 교수님 눈에 진심이 있었다.

"아닙니다. 해야 할 일을 했을 뿐인데요. 누구라도 그랬을 거예요."

"그런데 그 일을 한 게 너라서 참 다행이야."

"네?"

"그냥 고맙다고, 바보야."

갑자기 교수님이 귀여워지셨다. 바보라는 말도 사용하시다니. 저 말이 '바'라 볼수록 '보'고 싶은 사람의 줄임말이라면 얼마나 좋을까.

"그런데. 한번 살려 놓은 사람은 끝까지 책임져야 하지 않겠어?"

잉? 갑자기 무슨 말씀이시지? 내가 교수님 아버지를?

"네가 살렸잖아, 나."

나는 이해가 가지 않았다.

"나 사실 M.I.T에서 박사과정 완전히 끝내고 온 건 아니야. 아직 박사 디펜스가 남아있었어."

교수님은 갑자기 가족사에 대해 말씀하셨다. 돌아가신 어머니와 미국에서 만난 박미경 권사라는 분의 이야기까지. 그리고 아버지와 시간을 더 보내기 위해 디펜스를 미뤄두고 한국에 들어오신 이야기까지.

"그래서 너는 우리 아빠도 살린 거지만, 나도 살린 거야."

"제…. 제가요?"

"그래."

잠깐만, 그러면 책임져야 하지 않겠냐고 말씀하신 게….

"나 책임지라고. 김철."

- 두근! 두근! 두근!

순간, 내 동공은 넓어졌고 심장은 그 어느 때보다 강하게 요동쳤다. 이게 정말 현실일까? 나는 입을 벌린 채 교수님의 눈을 응시했다. 그리고 그곳에서 진심을 봤다.

"어어…."

근데 여기에서 어떻게 답해야 할까.

"바로 답하기 좀 그렇지? 아무래도 우리가 교수와 제자라는 특별한 사이니까. 그런데 그건 이제 1년이면 사라질 것들이야.

그런 생각도 하면서 내일 대답해 줘. 새벽에 철공소에서 기다리고 있을게."

"어어…."

"불편할 테니까 나는 먼저 일어난다. 내일 보자. 또 짜증 나게 하지 말고."

그렇게 나는 세상의 중심이 됐다. 아니, 적어도 이 카페의 주인공인 것만큼은 확실했다. 주변은 어두워졌고 모든 조명이 나에게만 비췄으니까. 생각지도 못한 일이었다.

교수님이 떠나시고 나는 집으로 돌아왔다. 이 좁아터진 원룸이 5성급 호텔 같았다.

"우욱!"

그런데 갑자기, 토가 나오려 했다.

"우웨에엑!"

- 푸덕푸덕.

곧장 화장실 변기를 붙잡고 안에 있던 것들을 방출했다. 토하며 생각해 봤다. 갑자기 내가 왜 이러는 건지. 결론적으로 나는 밥 먹는 내내 긴장 상태에 있었다. 자꾸만 두근거리는 심장이 그 근거였다. 그랬다. 나는 완전히 체한 거였다.

"우웨에에에엑!"

- 푸더더덕!

아! 고통스럽다. 이게 얼마 만에 체해서 토하는 건가! 그런데.

"<u>ㅎㅎㅎㅎㅎ</u>."

5장. 오해의 끝은 언제나 재회

웃음이 나왔다. 토사물이 입술 주변에 잔뜩 묻어있고 시큼하고 역겨운 냄새가 내 코를 찔렀지만, 너무 행복했다. 토하면서 행복을 느껴본 사람이 세상에 몇이나 될까?

"우엑!"

- 푸덕!

아마도 나밖에 없을 거다. 그게 날 더 깊은 행복으로 이끌어줬다.

자기 전에 드라마를 봤다. 오늘은 월요일이었으니까. 3화에서는 남녀 주인공이 개인적인 성장을 이루고 5년 만에 다시 만나 서로에게 호감을 느끼며 끝났다. 그리고 오늘 4화에서는 이들이 서로 좋아했지만, 오해를 거듭하다가 고백의 타이밍을 놓쳐서 내 마음을 안타깝게 했다. 하지만 4화는 결국, 이 두 남녀의 모든 오해가 풀린 뒤 재회하고 끝났다. 그런데.

"아이 씨…. 재수 없게."

5화 예고편이 불길했다. 차 사고를 암시하는 장면과 '끼이익'하는 소리가 들려왔다. 작가는 두 남녀의 행복을 바라지 않는 것 같았다.

다음 날이 됐다. 어젯밤 체하는 바람에 몸이 좀 안 좋았지만, 눈은 저절로 떠졌다. 그럴 수밖에 없었다. 교수님과 만나러 가는 거니까! 입이 귀에 걸려있으니까!

그런데 어젯밤 드라마 5화 예고편이 자꾸 생각났다. 로맨스 드라마 작가들은 항상 주인공들이 가장 행복할 때 그들을 최악의 상황으로 몰아넣는다. 잔인한 인간들. 어떻게 그럴 수 있지? 그래서 조금은 불안했다. 새벽이라 차는 많이 없었지만 조심하고 또 조심했다. 그리고 마침내 철공소에 도착했다. 그런데. 교수님이 안 계셨다.

"설마…."

시계를 보니 5시였다. 그랬다. 나는 한 시간이나 일찍 온 거였다.

그래도 불안했다. 혹시라도 교수님이 사고를 당하실까 싶어서. 그래서 전화를 해볼지도 수십 번 고민했지만 일단 6시까지 철공소 안에 들어가 난로를 쬐며 기다리기로 했다. 그리고 잠시 후.

- 드르륵.

문이 열렸다. 그리고 꽃이 피었다. 교수님은 아무런 사고 없이 잘 도착하셨다.

"생각해 봤어?"

"네."

"대답은?"

나는 천천히 일어난 뒤 교수님의 눈을 보며 고개를 끄덕였다. 그러자 교수님은 웃으시며 다가와 나를 꼭 안아주셨다. 이게 익숙하지 않았던 내 두 팔은 역시나 허공에 떠올라 덜덜 떨렸지만 이내 팔꿈치를 굽히고 내 여자를 꼬옥 안았다.

6장

사랑이 시작되면 언제나 고개 드는 불변의 법칙

화요일 아침. 우리의 사랑이 시작됐다.

"훗."

우리는 바라만 봐도 웃음이 나오는 사이가 된 거다.

"저 뭐 하나만 여쭤봐도 돼요?"

"여자 친구한테 여쭤본다가 뭐야."

"어!? 그러면 물어봐도 돼?"

"그건 반말이고."

"아, 그러면 물어봐도 돼요?"

"훗."

교수님은 또 웃었다.

"귀여워. 그래. 물어봐."

"교수님은…."

"그 칭호는 학교에서만."

"그럼 누나는…."

"누나는 싫어."

"그럼…. 아연 양은…."

"아하하하하. 아연 양이 뭐야! 너 왜 이렇게 웃겨? 그냥 아연이라고 불러! 둘만 있을 때는."

"그래도…. 돼요?"

"그래. 이 바보야!"

교수님 아니, 아연이가 웃으니까 나도 좋았다.

"그런데 아연 님. 아니, 아연아."

"왜."

- 두근!

그녀의 이름을 부르니 심장이 또 주제를 넘으려 했다. 사랑하는 사람의 이름을 부를 수 있다는 게 엄청난 특권이라는 걸 심장도 깨달았나 보다.

"내가 어디가 좋았던 거야…?"

"훗. 너 왜 이렇게 귀여워?"

"그러게…. 헤헤."

이미 많이 웃어서 볼 근육에 쥐가 날 지경이었지만, 상관없었다. 고통은 웃음으로 금세 덮였으니까.

"그거야. 귀여웠어. 네가 날 처음 올려다봤을 때부터."

"아연이가 눈물 닦아준 날?"

"눈물을 닦아줘? 아니거든! 네가 와서 내 엄지랑 부딪친 거야."

"어? 그럼 그 키스는….."

"키스? 아, 그래! 그것도! 그것도 네가 갑자기 고개 들어서 그런 거잖아!"

"아…."

솔직히 아쉬웠다. 예상은 했지만, 정말 실수로 그런 거였다니. 그게 내 첫 키스였는데.

"왜? 아쉬워?"

"어? 아니! 아닌데!"

얼굴에 표시가 그렇게 많이 났나?

"그럼 이리 와."

이리 오라고 말한 아연이는 정작 나한테 먼저 다가왔다. 그리고.

"흐읍!"

우리는 제대로 된 키스를 나눴다. 그 어떤 존재도 이 철공소 안에 있는 우리의 행복한 시간을 방해하지 못했다.

행복의 날들은 쌓여 갔다. 우리는 철공소에서 아침을 시작해 문래동 맛집을 탐방하며 점심을 보낸 뒤, 학교에서 저녁을 맞이하는 일과를 반복했다. 왜 이 똑같은 삶은 지루할 줄 모르는 걸까.

"재밌다. 철 아연 합금."

그리고 나는 결국, 내 여자 아연이와 함께 철 아연 합금 실험을 함께 진행하기로 했다. 사실 스테인리스도 결코 나쁜 주제는 아니었지만, 문제는 돈이었다. 연구비 없이는 차별성 있는 스테인리스를 연구하기 힘들었다. 그럴 바엔 차라리 아무도 생각하지 못한 철 아연 합금을 연구하는 게 나았다.

"근데 이런 합금 만들 생각은 어떻게 한 거야?"

"그냥…. 우연히 머릿속에 스쳐 지나갔어."

"역시 M.I.T는 달라. 고마워. 나, 이 실험 너무 재밌어."

"다행이네."

이 한 달의 시간 동안, 정말 단 1초도 행복하지 않은 순간이 없었다. 함께 출근하고 함께 실험하고 함께 일하고. 퇴근한 뒤엔 학교 가서 측정하고. 그냥 모든 게 좋았다. 실험 주제도 같다 보니 사소한 대화마저도 잘 통했다.

"플럭스 후보를 여러 개 생각해 봐야겠다. 뭐가 좋을까?"

"아연이 일찍 날아가니까, 산화물로 만들어서 첨가하면 어때? ZnO(Zinc Oxide_산화아연)는 녹는점이 2,000°C는 되잖아. 거기에서 급랭을 시키는 거지!"

"그리고 중간 열처리하면 좀 나아지려나?"

세상에 그 어떤 여자 친구와 이런 대화를 할 수 있겠는가!? 나는 참 복 받은 놈이다.

"그래, 해 보자. 다 해보자."

아연이도 나의 이런 아이디어들을 잘 받아줬다. M.I.T 출신이라고 날 무시하거나 가르치려고 든 적도 단 한 번이 없었다.

"신났네. 아주 그냥 신났어."

아버님도 건강을 회복하고 항상 아침 10시쯤 출근하셨다.

"안녕하세요."

"아빠. 용해로 하나 더 사는 건 어때요? 우리 실험용으로."

"아니 도대체 대학교에 용해로가 없으면 뭘 어쩌자는 거야!"

참고로 우리 연구실 과제가 취소돼서 독일 써모커플 주문도 취소했다. 그 망할 놈의 수리 기사는 나한테 취소할 수 없다고 화를 냈지만, 우리 은 교수가 전화를 건네받자 갑자기 상냥한 강아지가 돼버렸다. 그랬다. 내가 호구였던 거다.

"그렇게 됐어요. 그냥 하나 더 사요."

"안 돼! 가뜩이나 이놈 알바비 주는 것도 아까워죽겠는데."

아버님은 건강을 회복하시고 출근은 하셨지만 이젠 힘을 많이 쓰는 일은 하지 못하셨다. 의사의 강력한 권유로 혈압이 갑자기 증가할 수 있는 일은 하지 않기로 하셨기 때문이다. 그래서 그 자리를 내가 대신했다.

"알바비 그게 얼마나 한다고."

"지금 나한테 한 푼이 얼마나 중요지 알아? 모르면 그냥 가만히 들어오는 작업이나 잘 쳐내."

"으휴, 저 구두쇠."

아버님은 돈 얘기만 나오면 유독 민감하셨다.

"나 어릴 땐 그래도 이 정도까진 아니셨는데. 요즘 왜 돈 얘기만 나오면…."

드디어 3학기가 시작됐다. 그리고 나는 4화를 끝으로 더 이상 드라마를 보지 않았다. 내 인생이 드라마보다 더 행복한데 뭐 하러.

"ZnO를 아예 왕창 넣어버리는 건 어떨까? 날아갈 것까지 생각해서."

강의가 시작되는 바람에 아연이와 나는 하루 일과를 따로 시작하는 일이 많아졌다. 강의를 해야 했던 아연이와 강의를 들어야 했던 나의 스케줄이 달라서였다. 그러다 보니 실험의 속도는 조금 느려졌지만, 그래도 도전은 계속됐다.

"글쎄, 그것도 한 번 해볼 가치는 있는데, 일단 기본적으로 ZnO는 세라믹이라서 우리가 원하는 특성이 나올지는 의문이야. 그래도 한 번 해보자."

"그래!"

- 쪽!

언제 해도 기분 좋은 철공소 안에서의 저녁 키스. 이날은 일주일 중 유일하게 새벽부터 함께 시작할 수 있는 수요일이었다. 둘 다 강의가 없어서 가능한 일이었다. 다만, 아버님이 있을 땐 손도 잡으면 안 됐기 때문에 저녁에만 키스를 할 수 있었다. 이 행복 영원하길!

- 철컥!

"야! 김철!"

다음 날 아침 10쯤, 갑자기 피영구 선배가 다급하게 들어왔다.

"너 이거 뭐야!"

"네? 뭐가요?"

피영구 선배는 다짜고짜 휴대전화를 나에게 들이밀었다.

"학교 익명게시판! 이거 너 맞지!?"

"뭔데요?"

나는 사진을 들여다봤다.

- 쿵!

사진을 보자마자 내 심장이 저 땅 밑으로 떨어지는 소리가 들렸다. 이 사진에는 나와 아연이가 문래동 식당에서 밥을 먹고 있는 모습이 담겨있었기 때문이다. 우리는 서로의 눈을 보며 웃고 있었고 누가 봐도 사랑하는 사이처럼 보였다. 실제로 그랬으니까.

"이거…. 뭐예요?"

"그걸 왜 나한테 물어봐? 네가 말해야지!"

"누가 올린 건데요?"

"익명게시판이라니까!? 이거 진짜 너 맞아?"

나는 일단 답을 하기보다는 사진 밑에 있는 문장들을 읽었다.

[이분 금속 재료 연구실 새로운 조교수 맞음?

앞에 남자 친구 같은데? 문래동에서 발견함!]

"너 맞냐고 인마!"

"맞긴 맞는데…."

"진짜!? 그럼 너 설마 은 교수랑…! 이야! 이놈 이거 성공했네! 둘이 딱 커플 유튜브 하면 대박 나겠다! 이름은 뭐로 지을까? 교수와 제자, 뭐 이런 거?"

"아니에요!"

나는 단호하게 말했다. 일단 그래야 할 것 같았다. 커플 유튜브라니. 예전에 봤던 하늘밤 커플 유튜브 영상이 재밌긴 했지만 내가 할 수 있을 것 같진 않았다. 아연이가 할 사람도 아니고. 그런데 이 솟아오르는 죄책감은 뭘까.

"아니면 아닌 거지 왜 화를 내 짜식아."

"죄송해요, 선배. 저도 모르게 그만…. 아무튼, 아니에요. 이게 저는 맞는데, 남자 친구는 아니에요."

"그래? 그럼 이 눈빛 뭐야, 서로?"

"우연히 찍힌 거겠죠."

"하…. 이 새끼 이거…. 그럼 여긴 왜 갔는데? 문래동 여기 완전 데이트 코스잖아."

"그때 말씀드렸잖아요! 저 용해로 고장 나서 요즘 문래동 간다고. 그러다가 밥시간 돼서 밥 먹은 거예요."

"진짜야?"

피영구 선배는 씨익 웃으며 내 배를 손가락으로 찔렀다. 간지러움에 약한 나는 생산형 웃음소리를 내며 그의 손가락을 피했다.

"진짜죠. 제가 어떻게 교수님이랑…."

"하긴. 그건 또 그렇지. 근데 은 교수는 여기 자주 안와? 자기 연구실인데."

6장. 사랑이 시작되면 언제나 고개 드는 불변의 법칙

"주로 제가 가요. 랩 미팅이든 뭐든."

"그래. 알겠다. 열심히 하고! 논문 준비하다가 잘 모르겠는 거 있으면 바로 와! 내가 다 알려줄 테니까."

"네, 선배. 감사해요."

피영구 선배는 사라졌다. 나는 곧장 아연이에게 문자를 보냈다.

[우리 얘기 좀 해야 할 것 같아! 이따가 갈게!]

문자를 보내고 나니, 갑자기 저번에 봤던 로맨스 드라마 5화 예고편이 다시 떠올랐다. 차 사고를 암시하는 장면과 '끼이익'하는 소리. 사랑이 시작되면 언제나 고개 드는 불변의 법칙, 시련이었다.

"무슨 일인데?"

우리는 점심시간에 각자 밥을 먹고 '조교수 은아연'이라는 명패가 쓰인 방에서 만났다.

"이 사진…. 학교 익명게시판에 올라온 거야."

아연이는 이 사진과 밑에 있는 글귀를 보고 이마를 만졌다.

"서울 참 좁네. 이런 건 누가 찍는 거야?"

"그러게. 그런데, 나 사과할 거 있어."

"사과? 뭔데?"

나는 일단 아까의 죄책감을 다시 불러왔다. 피영구 선배에게 아연이와 만나는 사이가 아니라고 강하게 부정할 때 느꼈던 죄책감.

일반적인 로맨스 드라마에서는 사소한 오해가 눈덩이처럼 불어나서 결국 이것이 그들의 시련이 되는 일들이 자주 있었다. 그래서 막고 싶었다. 로맨스 드라마 공식의 장인으로서 이 모든 걸 알면서도 그 시련을 불러오고 싶지 않았다.

"사실 아까, 피영구 선배가 와서 우리 정말 만나는 거냐고 묻더라고…. 이 사진 알려준 것도 피영구 선배야."

"피영구 선배가 아직도 학교에 있다고?"

"응."

"그래?"

아연이는 놀라는 눈치였다.

"왜?"

"아니 뭐…. 그래서?"

대충 이해는 됐다. 피영구 선배는 학부까지 포함하면 수도대학교에 대략 15년째 있는 거니까.

"그래서 일단 아니라고 했어. 미안해. 우리 사이 부정해서."

"야, 그게 뭐. 아니야. 됐어."

아연이는 내 이야기를 듣고 씨익 웃으며 날 안아줬다.

"고마워. 그렇게 말해 줘서. 나 지켜주려고 한 거잖아. 말하기 힘들었을 텐데."

"맞아. 그래도 미안했어."

"그럼 나도 미안해."

"왜?"

아연이는 내 눈을 바라봤다.

"방금 나도 '얘가 피영구 선배한테 우리 만나는 사이라고 말했으면 어떡하지?'라는 생각을 했거든."

우리 두 사람은 서로를 보며 웃었다. 참 다행이었다. 난 떠오르던 시련을 제압해 냈다.

"그래도 일단 우리 조심하긴 해야겠다."

"그러게."

"당분간 문래에서 밥은 먹지 말자."

"그럼 무슨 재미로 데이트하지?"

"더 열심히 실험하면 되지. 그게 우리 데이트니까."

"그러네!"

- 쪽!

이 방도 우리만의 아지트였다. 누구도 우리의 행복을 가로챌 수 없었다.

사랑과 실험의 조합은 시간을 더욱 빠르게 흘러가도록 하는 동력이었다. 눈을 감았다가 뜨면 일주일이 지나있었으니까.

- 깡! 깡!

오늘은 나 혼자 철공소에 나와서 아버님 일을 하고 철 아연 합금 실험을 했다. 원래라면 아버님은 10시에 출근하셔야 했지만, 이날은 병원에도 가실 겸 하루 쉰다고 하셨다. 솔직히 기뻤다. 아버님이 안 나오셔서? 아니. 아버님이 날 인정해 주신 거 같아서. 내가 혼자 있어도 된다는 건 아버님의 신뢰 없인 불가능 한 일이었으니까.

오후 2시. 오전에 아버님 일을 모두 마무리한 뒤, 철 아연 합금 실험을 시작했다. 용해로에 철이 녹아서 붉게 찰랑거리는 모습은 언제 봐도 경이로웠다.

이제 아연과 여러 종류의 첨가물들을 일정 비율로 섞어 넣어야 했다. 그래서 용해로 주변에 뚜껑이 열린 시약 통들을 늘어놓고 각각 하나씩 저울로 정밀하게 무게를 측정하는 중이었는데….

- 스르륵!

"뭐야! 이거!?"

갑자기 바닥에 물이 차오르기 시작했다. 그래서 나도 모르게 허공에 팔을 휘두르고 말았다. 그런데 그 허공이 허공이 아니었다.

"안 돼!"

무의식적으로 휘두른 내 팔은 시약 통들을 건드렸고.

- 또각.

이 시약 통들은 쓰러지며 그 안에 있던 내용물들을 용해로 안으로 토해내 버렸다. 전부 무게 측정도 안 된 애들인데.

"하아…."

망했다. 아무런 정보도 알 수 없는 샘플은 결국 쓰레기일 뿐이다. 짜증나긴 했지만 지금 급한 건 바닥에 차오른 물부터 수습하는 거였다.

그래도 그나마 다행인 것은 이 용해로는 전기 용해로가 아니라는 점이었다. 바닥에 있는 물과 전기가 만나면 그건 상상만 해도 끔찍했다. 그래서 일단 물이 어디서 흘러오는 건지 확인했다. 화장실이었다. 예전에 아연이가 화장실 쓰지 말라고 한 적 있었는데 이것 때문이었나 보다.

- 첨벙첨벙.

"으으으!"

이 재래식 변기에서 역류하는 물은 맑았지만 그래도 찜찜한 건 어쩔 수 없었다. 나는 주변을 둘러본 뒤, 옆에 있는 대걸레를 사용해 철공소 안에 들어온 물을 밖으로 밀어냈다. 그렇게 밑 빠진 독에 물 붓는 행위를 30분 정도 하다 보니, 어느새 역류는 멈췄고 철공소 바닥에 고인 물들도 빠져나갔다.

"후우…."

세 시간 뒤, 합금 샘플을 확인했다. 어차피 망한 실험이었지만 그 안에 있는 망한 샘플을 제거해야 다음 실험을 할 수 있었으니까. 그런데.

"어?"

샘플이 이상했다. 아니, 이상했다기보다는 뭔가 달랐다. 정확한 건 학교에 가서 정밀하게 분석해 봐야 아는 거지만 느낌이 좋았다. 그래서 일단 저녁 늦게 학교에 도착해 분석을 시작했다.

나와 아연이가 원하는 샘플은 스테인리스처럼 녹이 안 생기면서 스테인리스보다 가공성이 좋은 그러니까, 스테인리스보다 부드럽고 연한 합금이었다. 물론 이 조건을 만족하는 소재로 알루미늄이라는 금속이 이미 존재했지만, 알루미늄은 연해도 너무 연했고 열에도 약하며 특정 환경에서는 부식되기도 했다. 그래서 우리는 이 중간의 특성을 가진 물질을 생각했다. 적당한 강도와 적당한 연함을 가지면서도 열에 강한 금속.

일단 연함의 정도가 가장 중요했기 때문에 '인장시험'을 먼저 해봤다. 인장시험은 금속을 위아래로 잡아당겨 얼마나 늘어나다가 끊어지는지를 확인하는 시험이다. 단단할수록 적게 늘어나다가 끊어질 것이고 연할수록 길게 늘어나다가 끊어질 것이다.

- 우위이이이잉.

이내 연구실에 있는 인장 시험기는 내가 가져온 금속 샘플을 잡아당겼다. 그러자 샘플은 천천히 늘어났다. 그리고 잠시 후.

- 뚝!

끊어졌다. 시험이 끝났다는 의미였다. 나는 곧장 레퍼런스가 될 일반 철, 스테인리스, 그리고 알루미늄 데이터와 비교해 봤다. 그리고.

"오오! 오오오!"

소리 질렀다. 너무 신난 나는 곧장 아연이에게 전화했다.

"나왔어!"

『뭐가?』

"샘플! 일단 스테인리스보다 연성이 좋아! 딱 우리가 원하던 범위 안에 있어!"

『기다려! 바로 갈게!』

- 철컥!

잠시 후, 아연이가 왔다.

"여기, 데이터."

아연이는 동그랗게 뜬 눈으로 컴퓨터 모니터 속 데이터를 바라봤다.

"정말이네! 내식성 테스트는?"

"이미 염수에 넣어놨지! 내일이면 결과 나올 거야!"

"잘됐다!"

우리는 꼬옥 껴안았다.

"그런데 이거 어떻게 만들었어?"

나는 아까 있었던 일에 대해 말했다. 아연이는 고생했다며 내 등을 토닥여줬다.

"말썽꾸러기 화장실이 하나 해 줬네. 이제 이걸로 우리 철이 논문도 쓸 수 있고, 취업도 할 수 있어. 나도 조교수 평가 잘 받으면서 계약 연장도 계속할 수 있고. 그것뿐인가?"

"특허?"

"그렇지."

우리는 서로를 바라보며 미소 지었다.

"디에스코 같은 곳에 팔면 꽤 쏠쏠할 거야. 그럼 그걸로 우리 집도 하나 사서…."

아연이가 갑자기 말을 멈췄다. 왜 멈췄는지는 대략 알았다. 아마 결혼 얘길 하고 싶었던 거 같다. 이것도 드라마에서 자주 쓰는 법칙이니까. 그런데 참 이상했다. 연애하기 전엔 드라마에 나오는 공식이 잘 안 먹혀서 힘들었는데 막상 연애를 하다보니 써먹을 곳이 참 많았다. 애초부터 잘 먹혔으면 얼마나 좋았을까.

"그러게. 집도 하나 사서 같이 살면 참 좋겠다."

아연이가 마무리 짓지 않은 말을 내가 대신 매듭지었다. 그러자 아연이가 해맑게 웃었다.

"그래. 아, 참! 거기도 가야지."

"어디?"

"엠파이어 스테이트 빌딩. 거기 가고 싶다고 했잖아."

예전에 아연이와 대화할 때 내 입에서 'M.I.T'라는 단어가 나올 뻔한 적이 있었다. 당시엔 나와선 안 될 말이었는데 내 입에서는 이미 'M'까지 나온 상황이어서 'M'으로 시작하는 다른 단어를 말해야 했다. 그래서 나온 게 M파이어 스테이트 빌딩이었다.

이 얘기는 할지 말지 고민했다. 왜냐하면, 아연이가 M.I.T 출신이라고 알려줬던 건 피영구 선배였기 때문이었다. 그런데 이 고민은 그리 오래 걸리지 않았다. 두 사람 사이가 나쁜 것도 아닐 테니까. 그래서 말했다.

"그래? 피영구 선배가 알고 있었다고? 내가 M.I.T에 갔다는 거?"

"응."

그런데 그때.

- 철컥!

"어이! 김 석사!"

호랑이가 들어왔다. 아무래도 나는 호랑이를 부르는 능력이 있는 것 같았다.

"어?"

"어?"

아연이와 피영구 선배는 서로를 바라보며 똑같이 놀란 표정을 지었다.

"어…. 오랜…. 오랜만…. 이다요. 은 교수…. 님."

"네, 선배. 오랜만…. 이네요."

뭐지? 이 어색한 분위기는?

"랩 미팅 중이셨나 보네…."

"네…. 지금…. 보다시피…."

"아, 그래요. 그러면…. 철아 이따가 다시 올게."

"네, 선배."

- 쿠훙.

그렇게 문은 다시 닫혔다. 나는 아연이를 바라봤다.

"뭐야? 두 사람 왜 어색해?"

"아니 뭐…."

나는 이때 싸한 느낌을 받았다.

"혹시…. 둘이…."

"아니야. 그런 건 아니야."

아연이는 내 말이 끝나기도 전에 대답을 내뱉었다. 내가 뭘 물어볼지도 몰랐으면서. 그래서 서운함을 드러내는 뾰로통한 표정을 지었다.

"알겠어. 말해줄게. 쉬운 게 아니구나, 이걸 다 말한다는 게…."

얼마 전, 나는 피영구 선배에게 우리 사이를 부정한 적이 있었다. 난 시련을 막기 위해 이걸 모두 아연이에게 말했다. 그때 나도 그 얘길 꺼내는 게 힘들었다. 아마 아연이도 지금 그때의 나를 생각하고 있는 것 같아 보였다. 그래서 뿌듯했다. 서로의 마음을 확인하는 것만 같았으니까.

"단도직입적으로 말하면, 피영구 선배가 나한테 고백했어. 2학년 때. 내가 첫사랑이라면서. 그런데 내가 거절했고. 그게 다야."

"아…."

사실 나는 두 사람 사이에 무슨 일이 있었다고 해도 괜찮을 줄 알았다. 그런데 막상 이 이야기를 들으니까 기분이 묘했다. 심지어 사귄 것도 아닌데.

이때 알게 됐다. 드라마 속 주인공들이 굳이 이런 얘기를 하지 않으려는 이유를. 이런 얘기는 하는 사람도 듣는 사람도 기분이 썩 좋지 않으니까.

"일단, 지금 제일 중요한 건 이 샘플 측정 싹 다 해보고, 우리가 설정한 범위 안에 들어오는지 확인한 다음, 다시 만드는 거야. 재현성 확보. 그래야 집을 살 수 있지."

그래도 아연이는 씩씩했다.

"그래. 열심히 해보자!"

나도 씩씩하게 답했다! 정말로 설렜으니까.

다음 날, 일단 철공소에 가는 대신 측정을 마무리했다. 그리고 이 샘플은 확실히 우리의 기대 범위 안에 들어온다는 것을 확인했다. 이제 이 샘플을 재현하기만 하면 됐다.

"전부 다 오케이! 재현성만 확인하면 돼!"

"그래! 일단 성분 분석부터 하자! 그러면 훨씬 빠르게 재현할 수 있을 거야."

성분 분석, 구조 분석 방법엔 여러 가지가 있었다. XRD, ICP, SEM-EDS, XRF 등등. 근데 문제는 역시 돈이었다. 이제 우리 연구실엔 돈이 없었다.

"그런데 분석 비용은 어떻게 하면 좋을까."

"아, 그러네. 그게 문제네."

"피영구 선배한테 부탁할까?"

"피 선배…."

아연이는 못마땅한 눈치였다.

"그러면 빌리자. 나중에 과제 선정돼서 연구비 생기면 갚겠다고. 이거 무조건 선정될 수밖에 없어."

"그래. 내가 가서 말해볼게."

나는 곧장 피영구 선배 연구실로 갔다. 최소 10명의 학생들이 하나같이 무언가에 열중하고 있었다. 그만큼 연구비가 풍족하다는 얘기였다. 피영구 선배는 이 넓은 연구실의 가장 구석에서 모니터로 뭔가를 열심히 보고 있었다. 눈빛을 보아하니 굉장히 집중하는 것 같았다. 아마도 논문이겠지. 그래서 선배를 놀라게 하지 않으려고 천천히 다가갔다.

"선배."

"어! 씨! 뭐야? 김철? 왜 왔어!?"

실패했다. 선배는 놀랐다.

"어제 죄송해서요."

"뭐가?"

"선배가 저희 연구실 놀러 왔는데 랩 미팅 중이어서."

"아아, 에이. 그건 내가 미안했지."

"그리고 방금 놀라게 해서 죄송해요."

"아냐, 됐어. 별거 아니야. 그런데 복도로 나갈까? 계속 앉아 있었더니 답답하네."

"네."

그렇게 우리는 복도로 나왔다. 학부생들 강의 시간이어서 그런지 복도엔 사람이 많지 않았다.

"어이, 김 석사. 그런데 은 교수가 나 나간 다음에 뭐라고 안 하든?"

"네? 아니요. 아무 말 없었는데요."

6장. 사랑이 시작되면 언제나 고개 드는 불변의 법칙

눈치가 있는 놈이라면 이건 말하면 안 됐다.

"그래? 그래…. 근데 왜 온 거야?"

"아, 어제 못 뵌 것도 있고…. 부탁드릴 것도 좀 있고 해서요."

"새끼. 이럴 때만 오지."

"헤헤."

"뭔데? 부탁이."

"아시겠지만 저희 연구비가 없잖아요. 그래서 분석도 못 하고 있는데…. 혹시…."

"그래. 맘껏 해. 난 또 뭐라고. 우리 철이 졸업해야지. 마침 우리 애들 중에 오늘 분석 잡아놓은 거 많이 있을 거야. 거기에 알아서 잘 들어가서 써. 내가 부탁한 거라고 하면 껴 줄 거야. 샘플 별로 없지?"

"네. 하나면 돼요."

"그래."

피영구 선배는 쿨했다. 이게 이 사람의 매력이지.

"감사합니다, 선배!"

"뭐 또 어려운 거 있어? 있으면 말해."

"다른 건 없어요. 일단 이것만…. 감사해요!"

"짜식."

그렇게 이날도 아무런 문제 없이 모든 게 끝났다. 성분 분석도 잘 돼서 이제 몇 번의 실험만 더 하면 완벽히 재현할 수 있을 것만 같았다. 그래서 너무 행복했다. 생각해 보니 요 며칠, 끝이 보이지 않는 꽃길을 걷는 것만 같았다. 그런데.

    [익명게시판! 확인해 봐! 제목은 사랑과 영혼!]

갑자기 아연이한테 문자가 왔다. 지금 강의 중일 텐데. 연구실에 있던 나는 불안한 마음으로 학교 익명게시판에 들어갔다. 그리고 조회수가 가장 높은 '사랑과 영혼'이라는 제목의 게시물을 클릭했다. 그러자 문래동 철공소에서 나와 아연이가 입을 맞추고 있는 사진이 떠올랐다.

 - 쿵!

이때 내려앉은 심장은 그 어느 때보다 큰 소리를 냈다. 시야도 좁아졌고 손도 떨려왔다.

"하아…."

    [금속 재료 연구실 조교수임. 옆에 붙어 있는 남자는 대학원생.

  이것은 사랑과 영혼! 여교수와 제자의 사랑!ㅋㅋㅋㅋㅋㅋㅋㅋ]

"이거 뭐지…. 도대체 누가…."

나는 일단 연구실 문을 잠갔다. 피영구 선배가 들이닥칠 게 뻔했으니까. 그러면 뭐라고 할 수 있는 말이 없었으니까. 그리곤 머리카락을 쥐어뜯으며 내 뇌를 빠르게 회전시켰다.

일단 이 사진은 문래동 철공소에서 찍힌 사진이다. 그런데 누가 이 문래동 철공소를 알고 있어서 여기까지 온 걸까? 게다가 이 사진이 올라가면 우리가 욕먹을 게 뻔한 걸 알고 있을 텐데. 나나 아연이한테 감정이 있는 사람이 있나? 도대체 누가?

그리고 무엇보다 익명게시판에 글을 쓰기 위해서는 수도대학교 사람이어야만 했다. 수도대학교 사람 중에 우리가 문래에서 작업을 하는 걸 알면서도 나나 아연이한테 감정이 있는 사람이 있…. 잠깐만.

"설마."

피영구 선배. 선배는 내가 저기 있는 저 고장 난 용해로 때문에 문래에 가서 작업한다는 걸 알고 있었다. 그리고 피영구 선배는 어쩌면 아연이한테 감정이 있을 수도 있었다. 오래 지난 일이라고 해도 어쨌든 자기를 찬 사람이니까.

게다가 아까 내가 찾아갔을 때도 깜짝 놀라는 모습을 보였다. 어쩌면 그때 논문을 보는 게 아니라 이 사진을 올리고 있는 것일 수도 있었다.

"안 돼…."

일단 나는 머리를 쥐어뜯던 손을 조금 내려서 얼굴을 감쌌다. 정말 피영구 선배인 걸까? 그런데 잠깐, 만약에 피영구 선배가 정말 범인이라고 해도, 그 사실이 만천하에 밝혀진다고 해도, 우리가 할 수 있는 게 뭐지? 모르겠다. 일단 나와 아연이는 지금 당장은 안 만나는 게 필요했다.

[연구실 문 잠갔어. 당분간 우리가 같이 있는 걸 보여주면 안 될 거 같아.]

[알겠어. 나도 지금 당황스러운데, 이따가 다시 연락할게.]

[응. 사랑해.]

나는 마지막으로 사랑한다는 문자를 보냈다. 그런데 별다른 답장이 없었다. 나처럼 사랑해 정도는 해줄 수 있는 거 아닌가? 이 위기 상황에서 우리의 사랑이 변함없을 거란 약속 정도는 해줄 수 있는 거 아닌가?

갑자기 불안해졌다. 이걸로 우리가 헤어지면 어떡하지? 나는 그러고 싶지 않았다. 절대로 그럴 수 없었다. 그런데 떠오르지 않았다. 로맨스 드라마의 남녀 주인공들이 이런 시련을 어떻게 해결했는지. 그래서 곧장 유튜브에 들어갔다. 정보가 필요했다.

✤ 아연 ✤

큰일이다! 조교수 된 지 얼마나 됐다고 벌써 이런 일이 생기나! 이 일이 교수님들 귀에 들어가면 나는 문제적 존재가 되고 문제적 존재가 되면 학과의 문제를 넘어 학교 차원에서 징계 위원회가 열릴 거다. 그러면 그 나이 든 양반들이 '요즘 세상이 어떤 세상인데, 그깟 사랑에 빠진 게 죄인가?'라고 말해줄까? 아닐 거다.

어떡하면 좋을까. 어떡하면 지금 같은 내 인생 최악의 상황을 벗어날 수 있을까. 김철이라는 남자와 사랑을 시작한 게 실수인 걸까? 그런데 문득, 갑자기 이런 생각이 떠올랐다.

✤ 철 ✤

"집에 잘 들어갔어?"

『응.』

나와 아연이는 다른 곳에서도 만날 수 없었다. 혹시라도 누가 우리를 스토킹하는 걸 수도 있었다. 그래도 일단 피영구 선배 얘긴 하지 않을 생각이다. 아직 의심만 있을 뿐이고 의심이 곧 진실은 아니니까.

『우리 이제 어떡하지?』

아연이의 이 말은 나에게 공포였다. 그래서 나는 단호하게 말했다.

"싫어."

『뭐가 싫어?』

"절대로 안 헤어져."

아연이는 답이 없었다. 설마 이걸 생각한 건가?

"우리 서로 사랑하잖아. 그렇지?"

아연이는 또 답이 없었다. 도대체 왜?

"그렇지? 사랑하잖아."

『그렇지.』

"사랑한다고 말해줘."

나는 확인하고 싶었다.

"말해줘."

- 쿵!

아연이의 답이 늦어지자, 내 심장은 지옥으로 떨어지는 것 같았다. 그리고 문득 어떤 장면도 떠올랐다. 내가 사랑한다고 말하자마자 나에게 등을 보였던 과거의 여자들. 그런데 방금 나는 아연이에게 사랑한다고 말했다. 혹시 아연이도 그 여자들처럼 나에게 등을 보이려는 걸까?

"사랑한다고 말해줘."

『철아.』

"왜? 설마 지금…."

『이 바보 새끼야.』

"말해줘!"

『사랑해.』

- 수륵.

이 말을 듣자마자 내 눈에서 눈물이 흘러나왔다.

"흑흑흑흑."

그리고 흐느꼈다.

『야, 너는 나를 그렇게 못 믿어?』

"아니 그게 아니고…. 흑흑흑."

『솔직히 나도 멘붕이었어. 그런데 갑자기 네가 써놨던 메모가 생각나더라.』

"메모?"

『자퇴. 네가 멘탈 강화하려고 써 놓은 메모. 기억 안 나? '지금 내 최악의 상황은 겨우 자퇴일뿐이다!'.』

"기억나! 으허어어엉!"

『그래. 지금 내 상황도 비슷해. 조교수 잘리면 뭐 어때. 취업하면 되지. 취업 못 하면 뭐 어때? 그냥 알바하면서 살면 되지.』

"으하아아아앙! M.I.T 나와서 무슨 알바야!"

『그만 울어!』

"사랑해. 사랑해! 내가 무슨 일 있어도 아연이 알바 안 시켜! 절대로!"

『됐고. 나도 사랑해. 너야말로 절대로 안 돼.』

"뭐가?"

『나 버리고 도망가는 거. 알겠어?』

"알겠어. 엉엉."

『제발 좀 뚝!』

"뚝!"

나는 울음을 그쳤다. 아, 진짜 그러니까 일찍 좀 말해주지 왜 이렇게 뜸을 들여서 말해!

『자, 이제 우리 어떡할까? 일단 공개적으로는 우리 사이 부정하면서, 서로 조심하는 방법이 있고. 아무 대응도 안 하는 방법이 있어.』

"둘 다 싫어."

『그러면?』

"내가 생각해 봤는데, 이걸 뚫고 나갈 방법은 이거밖에 없는 거 같아."

『뭔데?』

"커플 유튜브."

『뭐어?』

사실 아까 학교에서 유튜브에 들어간 건 로맨스 드라마의 주인공들이 이런 상황을 어떻게 이겨냈는지 궁금해서였다. 그러나 나의 찾기 실력이 부족했던 탓인지, 드라마 속 남녀 주인공들은 하나같이 이런 문제에 속박됐고 결국 헤어졌다. 나는 여기에서 너무 큰 실망감을 느꼈다. 물론 그들은 우여곡절을 겪으며 결말에서 다시 만나긴 하지만, 헤어짐의 과정을 겪는 게 싫었다. 아연이와는 그럴 수 없었다.

그러다 우연히 알고리즘에 뜬 '하늘밤 커플'의 영상을 봤다. 예전에 문래에서 촬영하던 그들. 그들은 서로가 사랑하는 모습을 세상에 공개하며 또 다른 사랑을 받았다. 물론, 당시엔 여자친구가 생겨도 못 할 것 같다는 생각이 들었지만, 이왕 이렇게 된 거 못할 건 또 뭔가? 학교 익명게시판에서 폭발적인 관심을 받고 있는데. 그 관심을 연료 삼는다면 오히려 우리는 더 많은 사랑을 받을 수도 있었다. 나는 이 모든 걸 아연이에게 말했다.

"어때?"

『그래도 커플 유튜브는 좀…. 게다가 우리는 하늘밤 커플처럼 뭔가 특별하게 할만한 것도 없잖아.』

"왜 없어?"

『뭐가 있는데? 조교수와 대학원생의 사랑? 그것도 하루이틀이지, 유튜브 하려면 장기적으로 꾸준히 올릴 만한 테마가 필요할 텐데.』

"실험처럼?"

『그렇지. 실험처럼.』

"답 나왔네."

『뭐? 아, 잠깐. 설마….』

"응. 우리 실험하자. 철 아연 합금 실험."

『그게…. 관심을 받을까? 데이트하거나 그런 게 아닌데….』

"우리 실험이 곧 데이트야. 내가 아연이랑 같이 실험하면서 얼마나 행복했는지 알아? 사람들도 느낄 수 있을 거야. 사랑하는 사람이랑 같은 일을 하면서 열심히 노력하는 모습을 보면."

『글쎄 나는 잘….』

"왜? 걱정돼? 교수님들이 보고 뭐라고 할까 봐?"

『아니. 그건 걱정 안 돼.』

"그럼 하자."

『진심이지?』

"응. 진심이야. 내일부터 시작하자! 채널 이름은 합금 커플. 콘텐츠 제목은 문래동 로망스!"

7장

그들이 언제나 시련을 극복하지 않는 이유

다음 날. 문래동 로망스를 시작하기 위해선 관문을 하나 넘어야 했다.

"이게 뭔 지랄이여…."

아버님이었다.

"그러니까…."

"둘이서 뭘 한다고?"

"유튜브를 찍을 건데…."

"그거야 알아서 하시고. 그전에 말했던 거."

"우리 사귄다고."

나는 꿔다 놓은 보릿자루처럼 두 손을 가지런히 모은 채 철공소 구석에 가만히 서 있었다.

"허, 참."

역시나 아버님의 반응은 좋지 않았다. 충분히 예상했다. M.I.T

에서 공부하고 온 딸이 나 같은 놈과 만나는 걸 그 어느 부모가 좋아할까.

"아연아."

"응, 아빠."

"너 정도면 판사 검사는 아니어도 연봉 1억 받는 회사원은 만날 수 있어. 그건 알지?"

아버님은 나를 보며 말씀하셨다. 나는 더 이상 숙일 고개가 없음에 한탄했다. 대충 예상하긴 했지만, 막상 저렇게 대놓고 말씀하시니 이거 참.

"그런 건 나한테 중요하지 않아."

"중요하지 않다고?"

"응. 중요하지 않아."

아버님은 고개를 저으셨다. 그럴수록 나는 도망가고 싶었다.

"그래. 돈이 중요한지 아닌지는 살아보면 알겠지. 이 괴상한 조합이 대박인지 쪽박인지도 살아보면 알겠지."

"그러면…."

"네 인생 네 멋대로 사는 거지 내 멋대로 사냐? 유학도 제멋대로 갔다가 제멋대로 돌아온 주제에."

"고마워요, 아빠!"

아연이는 아버님을 꼬옥 껴안았다. 나도 뛰어들려고 한 발자국 내디뎠지만, 갑자기 아버님이 노려보시는 바람에 다시 뒤로 물러났다.

"저놈 알바 도망 못 가게나 잘해. 저놈 도망가면 전부 다 네 책임이야, 은아연. 알겠어?"

"걱정 마!"

그렇게 아버님은 우리 사랑의 시련이 되지 않으셨다. 존경스럽고 또 감사했다.

"나는 저기, 철공소 조합 회의 좀 다녀올 테니까, 그사이에 유튜브 찍든가."

심지어 센스까지.

"화장실 때문에?"

"뭐, 이것저것. 너는 신경 쓰지 마."

"감사합니다, 아버님."

나는 실실 웃으며 아버님께 고개를 숙였다.

"아버님은 무슨…! 너한테 나는 사장님이야!"

"네! 사장님! 감사합니다!"

아버님은 그렇게 떠나셨다. 이제 우리만의 시간이었다. 합금 커플의 문래동 로맨스를 시작할 시간.

"네! 안녕하세요! 합금 커플입니다!"

카메라를 켜자마자 아연이가 신났다.

"아니야. 요즘은 그렇게 안 해."

"어? 인사부터 해야 하는 거 아니야?"

"그건 옛날에 그런 거고 요즘은 그냥 생뚱맞게 시작해. 그게 공식이야."

"나 공식 싫은데."

"근데 방금 아연이가 한 인사도 공식이야. 과거가 돼버리긴 했어도."

"아…."

아연이는 갑자기 진지해졌다. 뭔가 회상하는 건지 깨달은 건지 알 수 없었지만 잠시 멍하니 있었다.

"왜?"

"내가 말한 게 공식이었다고?"

"응."

"생각해 보니 그러네…. 나는 공식이 너무 싫었는데."

"그냥 아무 생각 없이 우리 실험하는 거, 사랑하는 거, 그러다가 문래동에서 밥 먹고 커피 마시는 거 다 찍으면 돼."

"너무 성의 없는 거 아닌가…."

"나만 믿어. 이거 무조건 먹혀. 왜인 줄 알아?"

"왜?"

"나는 귀엽고, 아연이는 예쁘니까."

"훗. 뭐래."

우리는 또다시 미소로 사랑을 속삭였다.

"그래, 일단 한번 해보자."

촬영이 시작됐다. 우리는 우리의 많은 일상을 최대한 담았다.

✤ 아연 ✤

커플 유튜브라니. 솔직히 확신이 없었지만 이미 아빠한테 모든 걸 말한 이상, 해야만 했다. 그런데 내가 하나 간과한 사실이 있었다. 영상이 업로드되려면 편집이라는 과정을 거쳐야 한다는 거였다. 철이가 맡아서 하기로 한 이 편집의 시간은 생각보다 오래 걸렸다.

[은 교수. 나 좀 볼까?]

문래동 로망스를 찍은 다음 날 그러니까, 아직 문래동 로망스가 업로드되기 전. 학교에 출근하자마자 학과장님이 나를 부르셨다.

"안녕하세요."

"어, 기기 앉아."

나와 학과장님은 마주 보고 앉았다.

"왜 보자고 한 지는 알지?"

학과장님은 바로 본론으로 들어가셨다.

"네."

"진짜야? 자네 대학원생이랑 만난다는 게?"

이런 순간이 올 줄 알았다. 심지어 나는 '조교수 못하면 어때'라는 생각도 갖고 있었다. 그런데 막상 그 순간 앞에 들어서니 말이 잘 안 나왔다.

"뭐라고 말 좀 해 봐."

"맞습니다."

"정말?"

"네."

학과장님의 이마에 주름 하나가 더 늘어났다. 그 모습을 보고 있자니 내 가슴도 아팠다.

"끝낼 생각은 없고?"

"아직은 없습니다."

"아직? 그러면 나중엔 끝낼 생각이 있다는 거야?"

"사람 일은 모르는 거니까요."

"그럼 그냥 지금 끝내."

"왜 그러시는지 여쭤봐도 될까요?"

"왜인지 모르겠어? 이게 말이 된다고 생각하는 거야?"

"말이 안 되는 이유를 말씀해 주시면 좋을 것 같아요."

학과장님은 고개를 절레절레 흔들며 몸통만큼 커다란 책 한 권을 가져오셨다.

"우리 학교 학칙. 여기에 임용 규정도 있어. 잘 봐."

그러고는 이 두껍고 커다란 책을 열어 한 문장을 가리키셨다.

"제10장, 25조 임용 취소. 그 밑에 취소의 사유. 품위 유지 등 등. 어때?"

나는 이 지독하게 작은 글자로 쓰인 문장들을 하나씩 읽었다. 그리고 답했다.

"어디에도 교수와 대학원생이 사적인 만남을 가져선 안 된다는 조항이 없네요."

"은 교수, 왜 이래. 그게 학교의 품위를 손상하는 행위잖아."

"저는 그렇게 생각하지 않아요."

"은 교수!"

"사랑이 왜 학교의 품위를 손상하는 건지 이해가 잘 안 돼요."

"자네는 교수니까! 걔는 대학원생이고!"

"그건 이유가 아니잖아요. 저흰 겨우 네 살 차이밖에 안 나는 성인이에요. 불륜을 저지르는 것도 아니고."

"이슈가 되잖아, 이슈가."

"이슈요?"

"그래. 벌써 학교 익명게시판 난리 났고 내 페이스북에도 자네들 사진이 계속 올라와. 내 페친들이 이거 자네 학교 아니냐고 하루에도 수십 번씩 연락 온다니까?"

이때 나는 확신했다. 김철 이놈은 감이 있는 녀석이라는 걸. 다가오는 파도를 탈 줄 아는 놈이라는 걸.

"반응은 좀 어때요?"

"반응이라니!?"

"페친분들이 이 괴상한 조합을 비난하는지 아니면 응원하는지 궁금해서요."

"아니, 은 교수. 그거야 당연히…."

학과장님은 잠시 뭔가 떠오른 듯 손가락으로 휴대전화를 만지셨다. 하지만 끝내 뭘 그렇게 찾으려고 하셨는지는 나에게 보여주지도, 말씀하지도 않으셨다.

"아무튼. 이러면 학교가 좋을 게 없어. 총장님 귀에 들어가기 전에 그만해. 아니면…."

"해임하실 수밖에 없다고요?"

학과장님은 입술을 꾹 다물고 나를 응시하셨다.

"선택지가 없잖아, 선택지가."

"그러면 학교 이름 빛내줄 소중한 교수 한 명 잃으시는 거죠, 뭐. 학교에서 해임하시겠다면, 따르겠습니다."

이 면담이 끝난 뒤, 나는 곰곰이 생각해 봤다. 우리 사랑의 그 어떤 부분이 학교의 품위를 손상하는 것인지. 솔직히 이 불편한 현상은 인정해야 했다. 이미 나조차도 이런 대화가 오갈 걸 예상했으니까. 그런데 도대체 어떤 이유로 사람들이 나와 김철의 조합을 불편해하는 걸까. 도대체 뭐가.

⚜ 철 ⚜

"아연아! 이거 봐!"

어제 영상을 올렸다. 편집엔 4일 정도 걸렸다. 이 첫 영상엔 합금 커플이라는 이름에 맞춰, 철 아연 합금에 도전하는 우리의 모습을 담았다. 영상 속에서 우리는 정말로 사랑스러웠다. 별다른 특수효과를 사용하지도 않았는데 서로의 눈에서 나오는 하트가 너무 많아 어지러울 지경이었다.

"반응 어때?"

아연이가 물었다. 지금 우리는 금속 재료 연구실에 있었다. 고민 끝에 나와 아연이는 연구실에서 자연스럽게 만나기로 했다. 커플 유튜브까지 하는 마당에 굳이 피해서 만날 이유는 없다고 생각했다. 피영구 선배는 더 이상 우리 연구실을 찾아오지 않았다.

"조회 수 5만! 구독자도 벌써 7천 명이야!"

"하루 만에!? 이게 가능한 일이야?"

우리는 있는 힘껏 끌어안았다.

"일단 댓글. 댓글 보자."

"후우…. 후우…."

나는 심호흡을 한 뒤 댓글 반응을 살폈다.

[여기가 그 유명한 수도대학교 여교수와 제자가 사랑을 나누는 곳입니까?ㅋㅋ]

[지나가는 금속학도로서…. (중략) …철 아연 합금은 불가능합니다. 헛수고.]

[수도대학교 가면 두 사람 볼 수 있음? 면상이나 한 번 보게.]

⋮

[남자 새끼 세금 10배 내라. 여자 개 이쁨.]

[근데 교수랑 제자가 만나도 됨?]

[언니! 너무 예뻐요!]

[여자 전완근!]

"아연이 예쁘다는 말이 많네."

아연이는 웃었다. 나도 웃었다. 반응이 생각보다 괜찮았다. 걱정했던 욕설과 맹목적 비방은 없었다.

"다음 영상 뭐야?"

"우리 점심이랑 저녁 먹는 거. 문래동 맛집에서."

"언제 올라가는데?"

"그것도 한…. 이틀 뒤?"

"내일 올려."

"엥? 안 돼! 시간 없어! 내일 철공소 가서 일하고 실험도 하고…."

"아니, 내 사랑 김철은 그 모든 걸 다 하고도 내일 올릴 수 있어."

"아니…."

- 쪽!

이놈의 키스.

"겨우 한 번?"

- 쪽쪽!

"겨우 두 번?"

- 쪽쪽쪽!

"겨우 세…."

"닥쳐."

- 후읍!

키스와 사랑의 힘으로 불가능한 건 없었다.

"올렸어!"

두 번째 영상은 다음 날 저녁에 바로 올라갔다. 너무 힘들었지만 어쨌든 해냈다. 그리고 우리는 늦은 밤, 나란히 연구실에 앉아 댓글 반응을 살폈다.

[수도대학교 ㅈㄴ 열린 학교네.

교수랑 제자가 이러고 있는 걸 방치한다고?]

[나 왜 이렇게 불편함? 불륜은 아닌데 불륜 보는 것 같음.]

⋮

[문래동 저녁이 원래 이렇게 예뻤나? 담주에 남친이랑 가야지.]

[문래동 별거 없음. 쇠 냄새 ㅈㄴ 나고 더러움.]

이번엔 좋은 반응보다는 안 좋은 반응이 조금 더 많았다. 아연이의 표정도 안 좋았다. 다음 영상이 뭔지도 묻지 않았고 빨리 올려달라는 요청도 없었다.

그래도 나는 며칠 동안 잠을 줄여가며 열심히 찍고 편집하고 올렸다. 반응이 좋을 때도 있었고 안 좋을 때도 있었다. 그러나 한 가지 확실한 건, 조회 수와 구독자는 꾸준히 늘어가고 있다는 것이었다.

"문래동 풍경도 풍경인데, 실험 영상 더 많이 올려달라는 얘기가 꽤 많네."

"그래?"

"아무래도 이런 건 보기 힘드니까. 그리고 실험하는 우리 표정에서 진심이 느껴진대. 그리고 오히려 학교 칭찬 얘기도 많아."

"교수랑 제자가 이러고 있는 걸 방치한다고?"

"아니…."

아연이는 그 댓글에 상처받은 것 같았다.

"그런 거 아니야. 그냥 우리가 수도대학교 이미지를 좋게 만들고 있대."

"교수님들 생각은 다르던데."

아연이는 휴대전화 문자를 보여줬다.

"번호도 모르는 사람들이 교수 그만두라고 계속 문자 보내. 하루에도 몇십 개씩."

나는 아연이를 안아줬다.

"내가 미안해. 괜히 이런 거 하자고 해서. 그러면 우리 영상…."

"아니. 미쳤어? 계속해야지. 나 예쁘다는 칭찬이 이렇게 많은데."

아연이는 웃고 있었지만, 속으로는 많이 힘들어하고 있었다. 이건 말하지 않아도 알았다.

※ 아연 ※

어느덧 중간고사 기간이 됐다. 나와 김철의 합금 커플이 세상에 등장한 지 한 달 정도 되는 시점이었다. 감사하게도 문래동 로맨스는 기사에 나올 정도로 선풍적인 인기를 끌었다. 물론 여전히 우리의 사랑을 비방하는 댓글도 있었지만 개의치 않았다.

학교 밖에서도 인기를 끌다 보니 안에서는 슈퍼스타였다. 심지어 학과장님도 나를 불러 좋은 말씀을 해주셨다. 완벽한 태세 전환.

"총장님이 좋아하셔."

"정말요?"

"그래. 나중에 밥 한번 먹자고 하시던데. 시간 되지?"

"언제인지만 알려주시면 시간 낼 수 있죠."

"그래."

"그러면 저는 학교의 품위를 손상하는 행위를 하지 않는 거죠? 지금."

"그런 걸 뭘 또 품고 있어. 그냥 **훨훨 날려버려**."

"학과장님 페친들은 뭐라고 하세요?"

나는 오늘도 이게 궁금했다.

"아니 뭐…."

"보고 싶은데."

"그냥 응원하고 있지. 요즘 세상에 활기를 불어넣는 새로운 공식이라나 뭐라나. 다들 우리 학교 부럽다고 난리야."

무슨 말인지 이해는 안 됐지만, 그냥 웃고 넘겼다. 어쨌든 긍정적인 의미니까.

"아무튼, 총장님이 사고만 치지 말라고 하시네. 그 뭐라나….

나락…? 그런 곳에만 가지 말라고 하셨어. 요즘 유튜버들이 거기를 많이 간대. 어디 뭐 불법 나이트 같은 곳인가? 나락?"

외국에서 오래 계셔서 나락이라는 단어를 모르시는 걸까? 속으로 피식했다. 그래도 최대한 예의를 갖춰 대답했다.

"네. 잘 알겠습니다. 그래도 걱정 마세요. 그런 곳 가는 순간, 저희도 이 채널 접어야 하니까요. 조심하겠습니다."

문래동 로망스는 계속됐다. 매주 수요일, 김철과 나의 일정이 없는 날, 문래동 로망스를 찍기 위해 그곳에 가면 우리는 환영받았다. 아직 모든 분이 알아봐 주시는 건 아니었지만 가끔 공짜 커피를 주시는 상인분들도 계셨다. 그래서 참 뿌듯했다.

하지만 문제가 하나 떠올랐다. 별거 아니라고 생각했던 문제였다.

"여기 주인이 나가란다. 다음 달 말까지."

철공소에서 만난 아빠 목소리엔 힘이 없었다.

"왜요?"

"우리가 자꾸 화장실 역류시킨다고. 금속 가루 때문에 수도관이 막혀서 공사비가 몇천 나올지도 모르겠다고."

"무슨 말이에요? 금속 가루가 어딨어? 그 주인 여기 와 봤어요?"

"와 봤지. 근데 바뀌는 게 없어. 그냥 나가래. 아니면 보증금 억대로 올리고 월세 몇백으로 올릴 거라고."

"아니 무슨…. 그 주인 할배 어딨어요?"

나는 화가 잔뜩 났다. 어떻게 이럴 수 있지? 김철도 당연히 당황한 눈치였다.

"됐어. 내가 알아서 할 테니까 너는 신경 꺼. 6개월 전부터 그랬어, 그 할배."

"6개월 전이요?"

"그래. 내가 왜 그렇게 일을 많이 잡았는데. 돈을 많이 벌어야 그 보증금이랑 월세 감당할 수 있으니까 그런 거지."

이게 그 이유였다. 안 그러던 아빠가 돈에 집착했던 이유.

"그럼 그냥 나가요, 아빠. 일할 장소가 여기만 있나?"

"안 돼!"

아빠는 큰 소리로 외쳤다. 그래서 나와 김철의 두 눈이 동그랗게 변했다.

"내가 그래도 명색이 문래동 철공소 조합장인데. 여길 놔두고 어떻게 떠나? 내가 떠나면 나머지 조합원들도 버틸 명목이 없어지는데, 내가 어떻게!"

"버티다뇨? 뭘 버텨요?"

"이 문래동 바닥, 90%가 세입자야. 그리고 그 90%의 대부분이 나처럼 상가 주인이랑 갈등을 겪고 있고. 여기 계속 카페니, 식당이니 들어오는 바람에 월세가 계속 치솟고 있는데 무슨 수로 버텨?"

"제가 알기론 임대차보호법이란 게…."

7장. 그들이 언제나 시련을 극복하지 않는 이유

김철이 조심스럽게 입을 열었다. 혹시 도움이 될까 그랬다는 걸 나는 알고 있었다. 하지만 오히려 이 말이 아빠의 화를 더 증폭시켰다.

"임대차보호법? 10년만 보호해 준다는 그 법이 우리랑 무슨 상관이겠어! 이 바닥 이미 2~30년 동안 일해온 사람들인데! 2~3년에 한 번씩 계약할 때마다 월세가 몇십, 몇백만 원이 계속 올라! 잘 들어. 철공소는 모여있어야 해! 그래야 저렴한 가격에 빠른 제작이 가능하다고! 저기 어디 서울 외곽으로 밀려나는 순간, 아무것도 못 해! 아무도 안 맡겨!"

분위기가 갑자기 싸해졌다. 김철은 자기 잘못인 것처럼 입을 삐죽 내밀고 두 손을 가지런히 모았다. 안쓰러웠다. 그럴 의도가 아니었을 텐데.

"그런데 누가 그러더라. 이 철공소를 싹 다 옮겨보는 게 어떻겠냐고. 그러면 계속 모여있는 거 아니냐고. 그럼 그 이사 비용은? 우리야 이거 몇 개 옮기면 되지만 밖에 나가 봐. 저 길 건너 철공소들 보라고. 쇳덩이들이 산처럼 쌓여있어. 중장비들도 가득 차 있다고! 그건 누구 돈으로 옮기는데? 철공소 이사가 무슨 포장 이사야? 몇백만 원으로 끝나게?"

아빠는 이제껏 쌓였던 울분을 뿜어냈다. 너무 안쓰러웠다. 그동안 얼마나 속앓이하셨을까. 나는 뭐라도 돕고 싶었다. 그래서 일단 말을 꺼냈다.

"그런데 상가 주인도 아빠가 있어야 월세 받을 거 아니야? 아빠 나가면 여기에 누가 들어온다고…."

"몰라서 물어? 카페 들어오겠지! 우리 철공소 골목이 예쁘다고, 이 자리 언제 내놓냐고 시도 때도 없이 와서 물어본 그 사람이 들어오겠지!"

"그러면 설마…."

"그래! 집주인 할배도 거기에 넘어간 게 분명해! 월세를 세 배 네 배 올려주겠다고 하는데 안 넘어갈 사람이 어딨겠어! 그거 아니면 저럴 사람이 아니야. 내가 몇십 년을 봐 온 양반인데! 아니, 같이 좀 지내는 게 그렇게 힘든가? 이 문래동에 철공소 싹 다 나가고 죄다 카페, 식당, 예술하는 놈들만 들어오면 그게 문래야?"

아빠의 눈가에 눈물이 고였다. 내 가슴도 너무 아팠다.

"적당히 섞여 있어야 그게 문래잖아! 적당히 섞여 있어야! 합금이 왜 합금인데? 일성 비율로 잘 섞여 있으니까 합금이잖아. 크롬이 철을 밀어내면 그게 스테인리스냐고!? 그냥 크롬이지!"

아빠는 이 마지막 말을 남기곤 철공소를 떠나셨다. 우리는 한참이나 숙연해진 이 분위기에서 헤어나오지 못했다.

"아빠가 이런 상황인 줄도 모르고…."

내 눈에도 눈물이 고였다. 나는 불효녀였다. M.I.T에서 그냥 몸만 온 불효녀.

"우리가 도와드릴 방법이 없을까? 문래동 로망스에서 이 얘기하는 건 어때…?"

김철은 조심스럽게 말했다. 그런데 나는 이 말이 왜 이렇게 서운했을까. 분명 도우려고 한 걸 텐데.

"만약에 우리가 이 이야기 하는 순간, 사람들이 많이 관심 가질 거야. 그건 분명하겠지. 우리랑 우리 아빠 응원하는 사람들도 많아질 거고. 그런데…."

나는 한숨을 내쉬었다. 서운함의 표시였다.

"우리가 응원을 받을수록 여기 상가 주인 할배는 우릴 더 쫓아내고 싶어 하지 않겠어? 그러면 상황이 지금보다 안 좋아질 테고."

김철이 이 정도는 생각해 줄 거라고 생각했다.

"그러면 그냥 합금 커플에서는 수도대학교 로망스 찍어야겠네. 문래동 로망스가 아니라…."

이때, 나는 아주 강한 아픔을 느꼈다. 서운함과 비슷했지만 조금 더 날카로운 무언가였다. 김철도 이 말을 뱉어내곤 실수했다고 생각했는지 곧장 자기 입을 틀어막았다.

"철아. 넌 우리 아빠보다 합금 커플이 더 중요해?"

"미안. 말이 헛나왔어. 그러려던 게 아닌데…."

"됐어. 오늘은 혼자 있을래. 집에 가."

"어?"

처음이었다. 김철에게 이렇게 서운했던 적이.

"미안해. 내가 잘못했어. 정말 실수로 나온 말이야."

"아니야. 네 머릿속엔 지금 합금 커플밖에 없어."

"아니야."

"가. 부탁이야. 내일 보자."

"아연아…."

"부탁이라니까."

김철이 미웠다. 사랑하지 않는다는 건 아니었다. 그냥 잠시만 떨어져 있고 싶었다. 어쩌면 내가 슬퍼하는 모습을 보여주고 싶지 않아서일 수도 있었다.

집으로 가는 내내 마음이 불편했다. 김철은 분명, 합금 커플을 지속할 수 있는 상황을 말한 것뿐인데 난 뭐가 그리 서운했을까. 어쩌면 지금 가장 필요한 말일 수도 있었는데.

잠깐, 필요한 말?

"하…. 교과서."

나는 작게 읊조렸다. 내가 서운했고 불편했던 이유는 이거였다. 김철의 모습에서 미국에서 만났던 내 세 번째 남자가 떠올랐기 때문에. 교과서 같았던 그 남자.

다음 날이 됐다. 김철과는 아직 연락하지 않았다. 밤새 내 연락을 기다렸을 걸 생각하니 마음이 아팠다. 하지만 그 교과서가 머릿속에서 지워질 때까지는 연락하고 싶지 않았다. 김철도 그걸 알았는지 지난밤에 연락이 없었다.

학교에 출근해 몇몇 일들을 처리한 뒤, 합금 커플 채널에 들어갔다. 아직 몇 안 되는 영상밖에 없었지만, 우리 두 사람의 행복한 모습이 그대로 담긴 썸네일들이 나를 다시 미소 짓게 했다.

그래도 김철은 참 대단한 놈이다. 어떻게 이걸로 우리 사이의 위기를 극복할 생각을 했을까. 따지고 보면 이건 그리 교과서적인 내용은 아닌데.

"편집하느라 얼마나 고생 많았겠어."

이런 생각이 드니 안쓰럽고, 보고 싶었다.

채널에 들어온 김에 가장 최근에 올라온 영상을 클릭했다. 철아연 합금 실험을 담은 영상이었다. 비록, 아직은 우리가 원하는 '재현'이 되지 않았지만. 우리의 표정만큼은 행복해 보였다. 그런데.

[여자 근육 뭐임? 남자인 줄ㅋㅋㅋ]

[한 대 맞으면 죽겠다.]

[얼굴 예쁜 남자임.]

[근육녀 개불호.]

[격투선수임?]

⋮

[댓글 뭐임? 나는 근육녀 좋은데.]

[대가리 총 맞음? 저게 왜 불호? 난 극호.]

댓글을 봤다. 여러 댓글이 있었지만 내 눈엔 이런 것들만 보였다. 내 모습에 관한 이야기.

순간, 나는 불쾌감을 넘어 좌절감을 느꼈다. 좌절이란 것은 원래 원하던 목표를 이루지 못했을 때 느끼는 감정이다. 그러니 내가 이런 감정을 느낀 것이라면 나는 분명 이 영상, 혹은 문래동 로맨스를 통해 이루고 싶었던 게 있었을 거다. 그렇다면 그건 뭘까? 내가 이루고자 했던 것은.

꽤 오랜 고민 끝에 내가 내린 결론은 결국 '사랑'이었다. 김철과의 사랑을 지키는 것. 그런데 나는 김철과의 사랑을 지키지 못했나? 그래서 좌절감을 느끼는 걸까? 아니. 지금은 우리 사이가 소원해지긴 했지만 잠시뿐이다. 나는 김철과의 사랑을 지킬 거다. 그런데 왜? 왜 나는 좌절감을 느꼈나? 모든 게 잘 이뤄져 가는 중인데.

잠시만. 내가 만약 이 댓글에 쓰인 것처럼 여성으로서의 매력이 없다면, 과연 김철과의 사랑을 지켜낼 수 있을까?

내 생각이 여기에 이르자 온 사방에서 수치심이 몰려들기 시작했다. 사람으로서의 수치심이라기보다는 여성으로서의 수치심이었다. 그런데 그때.

- 위이이잉. 위이이잉.

전화가 왔다. 김철일까?

『어, 은 교수. 내 방으로 좀.』

학과장님이었다.

"부르셨어요?"

"어, 일단 저기 좀 앉아 봐."

또 무슨 일일까. 드디어 총장님과의 식사 자리가 만들어진 걸까? 난 아직 준비가 덜 됐는데.

"저기…. 그…."

학과장님은 계속 뜸을 들이셨다.

"저…. 은 교수."

"네."

"학교생활은…."

학과장님은 계속 말씀을 안 하셨다. 그래서 내가 대신 답했다.

"학교생활은 좋아요. 아직 나락도 안 갔고."

"그래, 그렇지. 좋아. 후…."

이젠 한숨까지. 도대체 무슨 말씀을 하시려고?

"그냥 말할게."

"네. 말씀하세요."

"은 교수. 학교생활은 이번 학기까지만…. 해야겠어."

"네?"

뜬금없었다. 지난번 미팅 때는 잘 지내라더니. 총장님이 관심이 많다고 하더니. 이제 와서 갑자기?

"왜요?"

"그게…."

"총장님이 그러세요?"

"아니. 그런 건 아니야. 그냥…."

"그냥 좀 빨리 말씀하세요!"

나는 답답한 마음에 언성을 살짝 높였다. 평소라면 안 그랬겠지만 조금 전 느낀 좌절감이 날 이렇게 만들었다.

"아니, 애초에…. 은 교수는…. 임시직이었어."

"그게 무슨 말씀이세요?"

"애초에 은 교수는 6개월만 하는 거였다고."

"교무팀에서는 분명 규정을…."

"긴급 규정이었지."

"계약서상엔 6개월만 한다는 말이 없었어요."

"대신 긴급 규정에 따른다는 말은 있었을 거야."

순간 화가 났다. 교수직을 더 이상 못 하게 돼서는 아니었다. 어차피 이건 그전부터 다짐한 일이었다. 내가 화가 났던 건 애초에 이런 말이 없어서였다.

"처음부터 6개월짜리라고 했어도 저는 수락했을 거예요. 근데 왜 이제 와서…."

"급했으니까 그런 거지…. 급했으니까."

이해가 안 됐다. 급했으면 다른 교수를 뽑았어도 됐다. 그래서 이때, 문득 이런 생각이 들었다.

"그런데 저 어떻게 알고 연락하신 거예요? 제가 한국에 들어온 지 얼마 안 됐을 때, 그걸 어떻게 알고…."

순간, 학과장님의 얼굴이 살짝 붉어졌다. 내가 정곡을 찔렀다는 의미겠지.

"은 교수. 일단 그냥 가 봐."

"싫어요. 안 갑니다."

"은 교수!"

"말씀해 주시기 전엔 못 가요."

"아니…. 하이 참…. 별거 아니야. 이게 무슨 대단한 음모가 있고 그런 게 아니라고."

"그런데 왜 말씀 못 하세요? 별거 아니면 더더욱 해주실 수 있는 거 아닌가요?"

실제로 그랬다. 별거 아닌 데 말 못 할 건 없었다. 학과장님은 자충수를 뒀다는 걸 인지했는지 눈을 질끈 감으셨다.

"강무광 교수가 그만두고 누구를 후임으로 세워야 하나 논의가 있었어. 당연히 금속 쪽으로 알아봤지. 적당한 인물이 있더라고. M.I.T에."

"M.I.T요?"

"그래. M.I.T."

"누군데요?"

"이태우."

이태우. M.I.T에서 내가 철 아연 합금한다고 하니까 비웃었던 남자. 제주도에서 만난 디에스코 이채우의 형. 그리고 내 첫 남자 친구. 엄마가 키스하지 말라고 해서 키스 중독에 걸려버린 놈.

"이태우 박사가 우리 후보였어."

"왜요?"

"뭘 왜긴 왜야. 이태우 박사 엄마가 우리 학교 부총장님이시잖아. 몰랐어?"

몰랐다. 그런데 뻔했다.

"아무튼 이태우 박사가 이번 학기에 졸업한다는 거야. 그래서 딱 6개월 동안 사람이 필요했던 건데…. 그래서 추천 좀 해달라고 했더니…."

"저였군요."

"그렇지."

사랑이 이뤄지지 않은 결과에 대한 푸념인 걸까? 자기의 땜빵으로 나를 세우는 게? 참 못났다, 이태우.

"미안하게 됐어. 그리고 애초에 은 교수는 졸업도 안 했다며? 그러면 정년 보장 교수 못 돼."

그때 그 교무팀 직원과의 통화 당시, 나는 졸업을 못 한 상태라고 이미 밝혔다. 하지만 그 직원은 나중에 졸업할 기회를 주겠다고 했다. 내 입에서 이 말이 밖으로 나오려고 했지만, 이태우가 이미 내정된 마당에 무슨 소용이 있을까 싶어 에너지를 아꼈다.

학과장실을 나와서 다시 내 방으로 돌아왔다. 이제 곧 사라질 조교수 은아연의 방이었다. 의자에 앉자마자 눈가에서 '이럴 땐 눈물을 흘려야 해'라며 스멀스멀 이슬 같은 액체들을 밀어냈.

김철이 보고 싶었다. 그런데 이대로 볼 수는 없었다. 철공소도 날아가는 마당에 학교 연구실까지 없으면 문래동 로망스는커녕 수도대학교 로망스도 찍을 수 없었다. 아까 댓글을 보며 느낀 좌절감이 다시 한번 몰려왔다. 이번엔 여자로서의 수치심이 아닌 사람으로서의 수치심이었다.

김철에게 이 소식을 이대로 전할 수 없었다. 슬퍼할 게 분명했으니까. 더 이상 그의 반짝이는 눈빛을 못 보는 게 싫었으니까.

✦ 철 ✦

밤새 아연이의 연락을 기다렸지만, 연락이 없었다.

"그러면 그냥 합금 커플에서는 수도대학교 로망스 찍어야겠네. 문래동 로망스가 아니라…."

이 말이 내 입에서 왜 나왔을까? 아직도 미스터리다. 내가 이 정도로 유튜브에 미친 괴물이었나? 거울에 비친 내 모습에 강한 혐오감을 느꼈다.

문래동 로망스는 우리 사랑의 위기를 극복하기 위해 시작한 거였다. 그런데 이게 오히려 우리 사랑의 위기가 돼 버렸다. 내 욕심이 너무 과했던 건 아니었나 반성한다.

한숨을 쉬면서도 합금 커플 채널에 들어갔다. 이쯤 되면 나를 정말로 미친놈이라고 생각하는 사람도 있겠지만 나름의 이유는 있었다. 댓글들을 삭제해야 했다. 아연이의 마음을 아프게 할 수 있는 댓글들을.

이 새끼들은 아무리 뜯어버려도 잡초처럼 튀어나왔다. 도대체 이놈들은 왜 이런 짓을 할까?

[여자 근육 뭐임? 남자인 줄ㅋㅋㅋ]

[한 대 맞으면 죽겠다.]

[얼굴 예쁜 남자임.]

[근육녀 개불호.]

[격투선수임?]

- 딸깍, 딸깍, 딸깍, 딸깍, 딸깍.

미친놈들. 오늘도 나의 잡초 뽑기는 시작됐다. 언젠가 마주치면 꼭 한 번 뒤통수 때려주고 싶었다.

그런데 갑자기, 문뜩 로맨스 드라마의 한 공식이 떠올랐다. 극의 후반부, 주인공 커플이 사랑을 이어가다가, 다가온 시련을 이기지 못하고 결국 잠시 헤어지게 되는 공식. 처음에 나는 이 단계가 너무 싫어 문래동 로망스를 제안했다. 잠시라도 헤어지기 싫었으니까.

하지만 지금은, 그들이 나처럼 시련 극복을 위해 노력하는 게 아니라 헤어지는 것을 선택한 이유를 알게 됐다. 서로를 너무 사랑해서였다. 함께 시련을 극복하다가 맞이할 또 다른 시련으로부터 서로를 보호하기 위해서.

자괴감이 들었다. 지금 나는 뭐 하는 짓인가. 정면 돌파로 시련을 극복해 보겠다고 나섰다가 이런 잡초들만 키워냈다. 그리고 이 잡초들은 악취를 풍기며 아연이의 마음을 아프게 했다.

그래도 포기할 수는 없었다. 나는 아연이를 지켜야만 한다. 그렇다면 어떻게 지킬 수 있을까. 겨우 이런 잡초 뽑기로는 안 될 것 같은데.

"철공소."

이때 갑자기, 죄 많은 내 입에서 이 단어가 불쑥 튀어나왔다. 이놈도 간절히 회개하고 싶었나 보다.

결론은 철공소였다. 철공소 문제가 해결되면 아연이도, 아버지도 모두가 행복해질 수 있었다.

오늘은 시험이 있는 날이었다. 비록 시험공부는 못 했지만 일단 학교로 갔다. 다행히 오전이라서 빨리 보고 나와 끼니는 대충 때우고 문래동으로 향했다.

지하철 안에서 세운 나의 계획은 이거다. 첫 번째, 일단 부동산을 가든 뭘 하든 어떻게든 철공소 상가 주인을 찾는다. 두 번째, 그에게 문래동 로망스 영상을 보여준다. 세 번째, 그리고 그에게 제안한다. 그 새로 들어올 카페가 월세를 얼마를 주든 그것보다 내가 더 많이 주겠다고. 보증금을 억 단위로 달라는 얘길 하면…. 하아…. 그건 또 골치 아파지긴 하겠지만, 일단 그건 나중에 생각하고 부동산부터 가자.

오후 한 시, 문래역에 도착했다. 철공소로 향하는 발걸음이 무거웠다. 그런데.

"어?"

익숙한 등이 보였다. 나는 그 등을 보자마자 옆에 있는 전봇대 뒤에 숨었다.

"피영구 선배가 여긴 왜…."

지금 나는 피영구 선배와 이전처럼 지낼 수 없는 상태였다. 익명게시판을 통해 나와 아연이가 입 맞추는 사진이 공개되기 전,

나는 피영구 선배에게 거짓말을 했다. 나와 아연이는 커플이 아니라고. 분명 서운했을 거다. 실제로 피영구 선배는 더 이상 금속 재료 연구실을 찾아오지 않았다.

게다가 나도 불편했다. 여러 정황상 익명게시판에 우리 사진을 공개한 사람이 피영구 선배일 거라는 의심이 들었으니까. 어쩌면 지금 나는 이 의심을 해결할 수 있을지도 모른다.

그런데 부동산은? 철공소 주인 할배 만나는 거는? 그건 미루자. 그건 언제든 할 수 있지만, 피영구 선배가 여기에 있는 건 언제든 못 볼 일이니까.

나는 천천히 피영구 선배의 뒤를 밟았다. 예전에 목현희의 뒤를 따라가다 놓친 경험이 있어서인지 조금 더 철저하게 따라갔다.

어느덧 피영구 선배는 우리 철공소가 있는 구역 그러니까, 야생화가 형형색색 피어있는 구역에 진입했다.

나는 더 정신을 차렸다. 평일 오후 1시 정도였지만 열려있는 식당은 많았고 카페는 더 많았다. 내가 한눈파는 사이 피영구 선배가 언제 어디로 들어갈지 몰랐다.

피영구 선배는 문래동 골목에 들어선 뒤, 계속 주변을 둘러봤다. 분명 찔리는 게 있다는 뜻이었다. 도대체 뭘까? 나나 아연이의 눈에 띌지 몰라서? 그러면 익명게시판에 사진을 올린 게 자기라는 게 들킬까 봐? 그런데 어쩌나. 이미 나는 선배를 아까 전부터 따라가고 있는데. 이 생각을 하니 심장이 쿵쾅댔고 떨렸다.

"후우, 후우!"

심호흡도 하기 시작했다. 나 역시도 선배에게 들켜서는 안 됐으니까. 그런데 그때, 피영구 선배가 어느 카페로 들어갔다. 붉은 벽돌에 뾰족한 파란 지붕이 있는 건물이었다. 누가 봐도 최소 몇 억은 투자했을 것 같은 화려하고 넓은 카페였다.

그런데 이대로 들어가면 안 될 것 같았다. 내가 접근하는 걸 보고 도망가면 어떡하나. 그래서 나는 주변을 둘러봤다. 마침 옷 가게가 있었다.

"이 작은 동네에 없는 게 뭐야?"

나는 피식 웃으며 이제 막 문을 연 느낌 좋은 옷 가게로 들어가 가장 싼 모자 하나를 구매한 뒤, 카페로 들어갔다.

"어서 오세요."

카페 직원이 홀로 들어온 나를 반겼다. 모자를 눌러쓴 나는 주변을 둘러보며 피영구 선배를 찾았다. 어디에 있을까. 1층엔 없었다. 그러면 2층에 있을 거다.

"아이스 아메리카노 한 잔이요."

일단 커피를 시켰다. 제일 빨리 나오는 걸로.

"주문하신 아이스 아메리카노 한 잔 드리겠습니다."

커피를 받은 나는 나무로 된 계단을 올랐다.

- 텁,텁,텁,텁.

한 발짝씩 이 계단을 오를 때마다 내 심장도 크게 동요했다. 아직 커피를 마시기도 전인데 말이다. 그리고 마침내 2층 구석에 있는 피영구 선배의 얼굴이 보였다. 심지어 맞은편 자리엔 나처럼 모자를 눌러쓴 어떤 여자도 있었다. 형수님인가? 뒷모습이라 확인은 안 됐지만, 설마 형수님이랑 이 모든 걸 다 계획한 거야? 도대체 왜? 일단 생각은 나중에 하자.

나는 모자를 더 눌러쓰고 휴대전화의 녹음기를 켠 뒤, 때마침 비어 있는 피영구 선배의 옆자리로 가서 앉았다. 그리고 슬쩍 눈을 들어 그의 앞에 어떤 여자가 앉아 있는지 살펴봤다. 그런데.

"아연아…."

그녀의 얼굴을 확인한 뒤, 나는 무의식적으로 고개를 들 수밖에 없었다.

8장

가슴 아린 명작 로맨스의 엔딩은 언제나…

✤ 아연 ✤

뭐라도 해야 했다. 철공소도 사라지고 조교수도 사라질 판에 이대로 김철을 만나서 모든 게 다 끝났다고 말할 순 없었다. 나는 절망의 메신저가 되고 싶지 않았다.

그렇다고 조교수 자리를 되찾아 올 순 없었다. 부총장 모친을 무슨 수로 이기나. 게다가 나는 아직 졸업도 안 한 상태인데. 하지만 철공소는 달랐다. 철공소를 지키면 모든 걸 지킬 수 있었다.

아침 9시, 나는 모자를 푹 눌러쓰고 부동산을 찾았다.

"안녕하세요."

"어서 와요. 커피 한 잔 드려?"

"아니요. 괜찮습니다."

"그럼 물은?"

"괜찮아요."

"그럼 일단 앉으셔."

뽀글머리의 중년 남성이 멋쟁이 양복을 입고 나를 의자로 안내했다. 사실 아빠도 상가 주인의 번호를 알고 있었을 거다. 하지만 내가 아빠한테 물어보는 순간, 걱정부터 할 게 분명했기 때문에 굳이 부동산을 찾아왔다.

"어떤 매물 찾으시나?"

"카페를 하려고 하거든요?"

"카페 좋지. 문래가 요즘 뜨고 있어."

이때 살짝 뜨끔했다.

"왜요? 혹시 유튜브?"

"유튜브? 무슨 유튜브?"

"아니 그냥 문래동 로맨스나 뭐 이런…"

내가 모자를 푹 눌러쓰고 온 이유가 이거다. 혹시라도 부동산 사장님이 알아볼까 봐. 이런 게 연애인 병인가?

"그게 뭐여?"

하지만 다행히 이 사장님은 몰랐다.

"아, 아닙니다."

"문래는 원래 뜨고 있는 동네여. 주변만 봐도 알잖어."

"네…"

"카페 규모는?"

"아, 그것보다…. 제가 본 건물이 하나 있는데 혹시 거기 계약 상황을 좀 알 수 있을까요?"

"건물? 어디 건물?"

"잠시만요. 이쪽에 보면…."

나는 휴대전화를 꺼내 지도 앱을 켰다. 그리곤 사장님에게 우리 아빠 철공소를 보여줬다.

"여기?"

"네."

역시나 뽀글머리 사장님은 당황한 눈치였다.

"여기가 뭐길래…. 참…."

"왜요?"

"아니, 다른 사람도 여기를 노리더라고. 6개월 전에."

"6개월 전이요?"

"그렇지. 그래서 여긴 안 된다고 했어."

"왜요?"

"여기는 30년 동안 한 사람이 일하던 곳이여. 여기 사장님이 먼저 떠나겠다고 하지 않는 이상, 갑자기 '방 좀 빼줘요'라고 말하는 건 상도덕에 어긋나지. 그러니까 여기 말고 다른데 찾아봐."

"그때 왔던 사람은 어떻게 됐는데요?"

"어휴, 말도 마. 계속 와서 거기만 고집하길래, 여기 상가 주인 할배 연락처 줬지. 그 이후로는 안 오더라고. 아마 포기했을 거여. 그 할배도 의리가 있는 사람이고 성격도 만만치 않거든."

"그래요?"

"그렇지. 다른데 봐, 다른데. 안 그래도 딱 카페 하기 좋은 자리가 하나…."

"그럼 저도 알려주세요."

나는 이 뽀글머리 사장님의 말을 막았다. 죄송했다. 그런데 어쩔 수 없었다.

"뭐를?"

"이 상가 주인 할아버지 연락처요."

"아니, 안 된다니까!"

"안 되는 거 느끼고 싶어서요. 아니면 저도 여기 계속 올 거 같아요. 그래도 괜찮으세요?"

"아니, 요즘 젊은 사람들은 도대체가…!"

뽀글머리 사장님은 결국 상가 주인 할아버지 연락처를 나에게 넘겼다. 죄송하고 감사해서 커피는 사다 드렸다.

"여보세요?"

커피를 드리고 나오는 길, 문래동 골목 어딘가에서 전화를 걸었다.

『네.』

상가 주인 할아버지의 목소리는 4월 중순 아침 10시쯤에 들려와서 그런지 꽃샘추위 같았다.

"안녕하세요. 건물 임대 문의 좀 드리려고요."

8장. 가슴 아린 명작 로맨스의 엔딩은 언제나… 251

『부동산 가요.』

"은정식 씨 아시죠?"

왠지 이대로 저 꽃샘추위에 밀리면 전화가 끊길 것 같아 바로 본론을 날렸다.

『은정식 씨? 철공소 사장?』

"네."

『은정식 씨가 왜? 또 사고 쳤어?』

"네?"

『은정식 씨가 화장실에다가 금속 가루 뿌려가지고 그 근처 수도관이 싹 다 막혔어요! 알아요? 거기 일대가 물을 제대로 못 써, 물을! 그리고 그거 전부 다 내가 배상하게 생겼다고! 아니, 30년 우정을 그렇게 배신한 걸로도 모자라서 또 뭘 했는데? 또 무슨 사고를 쳤는데?』

"아, 그게…."

『이번에는 전기를 해쳐 먹었나?』

"그런 건 아니고요…."

『내가 정말 웬만하면 문래동 철공소 지키고 싶어서 월세도 많이 안 올리고 하는데, 그 양반은 좀 못 됐어. 나의 이 순정을 기어이 그냥…! 여보세요? 듣고 있어요?』

"네."

『아니 전화를 해놓고 왜 말을 안 해!? 은정식 씨가 또 무슨 사고를 쳤는데?』

"아니에요. 사고 아니고요. 사고 칠 사람도 아니에요."

『뭐라고?』

"사고 칠 사람 아니라고요!"

아빠에 대한 비난이 나오자 나도 모르게 목소리가 높아졌다. 주변을 걷던 몇 안 되는 사람들이 갑자기 나를 쳐다봤다.

『이거 뭐야? 당신 누구야?』

"저 그 집 딸이에요. 저희 아버지 거기서 계속 일할 수 있게 해 주세요."

하지만 높아진 목소리를 유지할 수는 없었다. 나는 어쨌든 을이니까.

『하이고 진짜.』

"부탁드려요."

『순정을 먼저 깬 사람이 누군데? 자네 아비가 내 욕하고 다니는 거 모를 줄 알았어? 나도 다 알아. 사람이 말이야, 30년 우정을 이렇게 깨 버리나?』

"어르신…."

『안 돼! 나는 당신 아빠랑은 절대 일 못 해! 수도관을 그렇게 다 망가뜨리고도 자기 탓 아니라고 하는 파렴치한 인간이랑은 절대로….』

"그럼 제가 할게요! 철공소."

『뭐요?』

"제가 한다고요. 아버지 은퇴 시키고."

8장. 가슴 아린 명작 로맨스의 엔딩은 언제나… 253

갑자기 나온 말이었다. 이런 얘기는 따로 준비하지 않았다.

"젊은 제가 철공소 운영하면서 어르신 순정 지켜드릴게요. 문래동 철공소 지키고 싶어 하시는 그 순정이요. 어차피 저희 아버지는 곧 은퇴하셔야 해요. 그러면 누가 물려받을까요?"

꽃샘추위가 잠시 멈췄다. 동시에 내 숨도 멈췄다. 어떤 답이 돌아올지 몰라서였다.

『내가 은정식 씨 딸을 어떻게 믿고?』

다시 돌아온 바람은 여전히 쌀쌀했지만, 다행히 꽃샘추위를 동반하지 않았다.

"수도관도 싹 다 고치고 앞으로도 절대 안 막히게 할게요."

주인 할배는 다시 말이 없었다. 고민하는 듯했다.

『그러면 다음 달 초까지 수도관 싹 다 고쳐요. 알겠어요?』

"네!"

『재계약한다고 해도 당연히 월세는 지금 계약보다 더 올라갈 거고!』

"네! 알고 있습니다!"

『만약에 한 번만 더 막히면 나 정말로 카페에 넘길 겁니다.』

"카페요?"

『지금 그 자리, 돈 더 내고 들어오겠다는 사람들 많아!』

- 뚝.

전화는 끊겼다.

"하아…."

추웠던 겨울이 모두 지나가자 미소가 절로 지어졌다. 어찌 됐든 계획은 성공이었다. 다음 달까지 수도관만 고치면 철공소를 지킬 수 있었다.

- 위이이잉.

전화가 끊기자마자 문자 하나가 왔다.

[수도관 수리업체 전화번호 xxx- xxxx- xxxx.

직접 다 고쳐놔요.]

네! 싹 다 고치겠습니다! 그런데.

"3,000만 원이요!?"

『네. 그 동네가 오래됐잖아요. 그때 가서 보니까, 한 번 까면 다 까야겠더라고요. 주변 건물들 수도관도 싹 다 교체해야 해요. 그래서 견적이 높게 나왔습니다.』

"알겠습니다…."

전화를 끊었다. 꽃샘추위가 지나간 지 5분도 안 돼서 폭염이 찾아왔다.

"3,000만 원…."

어떻게 보면 작은 돈이지만, 또 어떻게 보면 너무 큰돈이다. 적어도 지금 나한텐 큰돈이다.

일단 근처 카페로 들어갔다. 그리고 자리에 앉아 1,300만 원 정도 있는 잔고를 확인했다. 유학 때 받은 스타이펜드(Stipend- 연구급여)는 모을 여력이 거의 없었고 수도대학교 조교수 월급은 350만 원 정도였다. 지금이 4월이고 1월부터 월급을 받았으니,

딱 이 정도 있는 게 맞았다. 4월 말에 급여가 들어온다고 해도 1,650만 원. 수도관을 교체하려면 1,500만 원은 더 구해야 했다.

처음엔 당연히 아빠한테 말할까도 했었다. 그런데 내가 조교수까지 잘리고 주인 할배와 통화했다는 사실을 알게 되면 가슴 아파할 게 분명했다. 게다가 아빠가 모은 돈은 재계약할 때 높아진 보증금을 감당해야 할 거고.

여러모로 고민이 많아졌다. 차라리 1~2억 정도라면 아예 손을 놨겠지만 1,500만 원이라는 이 애매한 숫자는 날 더 미치게 했다. 그렇다고 사채를 사용하긴 더더욱 싫었고. 그런데 그때.

"어이고, 이 학사."

익숙한 목소리가 들렸다. 나는 곧장 모자를 더 눌러썼다.

"회사는 좀 어때?"

피영구였다.

모자를 쓰고 온 게 얼마나 다행인지 모르겠다. 그런데 저 인간이 여긴 왜?

"아니, 디에스코 구매 기획팀장이 힘들면 어떡해?"

잠깐, 디에스코 구매 기획팀장이라면…. 그때 제주도에서 만났던. 이채우?

"개똥 같은 소리 하지 마. 내가 힘들지 네가 힘드냐? 어휴. 아, 나? 나는 데이트 나왔다. 오랜만에. 야, 근데 너도 아직 예쁜 여자들 보면 설레고 그러냐?"

피영구의 전화하는 자세만큼은 재벌 2세 같았다. 허세 가득한 재벌 2세.

"너도 새끼야 연애해. 삶의 활력이 돋는다, 돋아. 아니 미친, 결혼하면 연애하면 안 돼? 네가 언제부터 그랬다고, 새끼야. 은아연도 어떻게 하려던 놈이."

- 쿵!

내 이름이 나오자 심장이 철렁했다. 그리고 후회도 했다. 그때 제주도 골목에서 이채우를 너무 곱게 보내줬다. 턱주가리에 주먹 한 방을 꽂아 넣었어야 했는데.

"아, 그거? 나도 예상 못 했지. 익명게시판에 사진 좀 올렸다고 그 미친 것들이 커플 유튜브를 할 줄 누가 알았겠어. 그것도 얼굴 다 내놓고. 문래동 로망스. 흐흐흐흐. 이름도 무슨 어휴."

- 쿵! 쿵!

피영구의 통화를 듣고 있으니 심장은 더 빠르게 요동쳤다. 기회가 된다면 피영구의 턱주가리도 건드려야겠다는 생각이 들었다.

"야, 그거 쉬워. 아이디 한 스무 개 만들어서 댓글 쓰는 거 뭐가 어렵다고. 그 댓글 보면서 엉엉 울고 있을 김철 새끼랑 은아연 상상하면 신나서 미치겠어, 아주."

더 이상은 못 참겠다. 나는 자리에서 일어나 피영구에게 다가갔다. 그리곤 휴대전화를 빼앗아 그가 마시고 있던 커피에 넣었다.

"뭐야?!"

"뭐긴 뭐야, 은아연이지. 네 첫사랑."

피영구는 잔뜩 겁먹은 표정으로 나를 올려다봤다. 그래도 내 화는 풀리지 않았다.

"네가…. 여긴…. 왜…."

피영구는 커피잔 안에 들어간 휴대전화를 꺼내 닦았다.

"네가 익명게시판에 우리 사진 올렸어?"

"아니 그게…."

"그리고 우리 채널에 댓글도 달았어?"

"선플! 칭찬 댓글 달았어! 구독이랑 좋아요, 알림 설정도 했어!"

생각 같아선 이대로 주먹을 내리꽂고 싶었다. 하지만 일단 참고 피영구 맞은편에 앉았다.

"그래서 왜 그런 건데?"

"뭐…. 뭐가…."

"우리 사진은 왜 찍었고 왜 올린 건데?"

- 꿀꺽.

피영구의 침 넘기는 소리가 카페에서 흘러나오는 음악보다 크게 들렸다.

"거짓말하면 죽여버릴 거야."

피영구는 거의 울기 직전이었다. 눈알을 자꾸만 돌리는 게, 마치 급한 신호가 와서 화장실을 찾는 사람 같아 보이기도 했다.

"그런데 우리, 나가서 얘기하면 안 될까?"

"싫어."

"여기서 무슨 얘기를 해."

"그냥 해."

"사람들이 이렇게 많은데!"

주변을 둘러봤다. 카페 2층엔 사람이 많지 않았다.

"방금 이채우지? 그 새끼랑은 잘만 통화하더니, 왜 내가 오니까 못 하겠대?"

"아니…."

"싫어. 절대 안 나가. 내가 궁금한 거 다 풀릴 때까지 너 못 보내. 도망갈 생각은 하지 마. 장담하는데, 내가 너보다 빨리 뛸 수 있어."

"하이…. 진짜…."

"나가고 싶으면 다 밀하고 나가."

"뭔데? 뭐가 궁금한 건데!"

"아까 말했잖아. 우리 사진은 왜 찍었고 왜 올린 거냐고."

조금 전까지만 해도 똥 마려운 강아지 같았던 피영구는 갑자기 나를 노려봤다.

"나한테 복수하고 싶었어? 내가 네 고백 안 받아줘서?"

"하, 참. 내가? 너 따위한테? 아니. 네가 뭐 예쁘다고. 원래 20대 남자들은 머리가 긴 사람만 봐도 심장이 쿵쾅대는 법이야. 지금 그때로 돌아가면 너 같은 여자 쳐다도 안 봐."

"그럼 뭔데?"

피영구는 입안에서 뭔가를 씹는 듯 웅얼거렸다.

"뭐냐고?"

"짜증 났으니까."

"짜증?"

"네가 뭔데 교수를 해? 나는 아직도 박사 졸업 못 하고 있는데."

결국 이거였나? 자격지심.

"그래서 내가 망하길 바랐어?"

"그래."

나는 미소를 지었다. 화가 다 풀렸다. 심지어 승리의 기쁨도 느꼈다.

"나 근육녀라서 싫다는 얘기도 다 네가 쓴 거고?"

"다는 무슨. 나는 그냥 몇 개만 썼을 뿐이야. 그러면 지들이 알아서 놀아. 그런데 나도 웃긴 게 하나 있다."

"뭔데?"

"너도 자존심 상했냐? 그런 댓글 보니까 막 슬펐어?"

"뭐라는 거야."

"어쩜 그렇게 댓글을 하나하나 정성스럽게 지워? 참나. 나도 그거 보고 웃겨 죽는 줄 알았다."

댓글을 지운다? 나는 생각한 적 없는데. 김철이 한 건가?

"그것도 네 욕 쓰여있는 것만 지우더라. 김철 욕한 것도 좀 지워 줘. 얼마나 불쌍해. 서울로 학력 세탁하러 와서 저 고생을 하고 있는데."

김철을 욕하는 말이 나오자, 욱하는 마음에 내 커피잔을 꽉 잡았다. 이대로 커피를 얼굴에 뿌려버릴 생각이었다. 그런데.

"아연아…."

옆자리에 앉아 있는 김철과 눈이 마주쳤다. 언제 와서 앉은 거지?

✢ 철 ✢

"여긴 왜…."

당황한 두 사람의 눈빛을 보니 세상이 무너질 것만 같았다. 피영구 선배는 지금 첫사랑과 마주 앉은 거다. 내 입장에서 보자면 목현희와 마주 앉은 것처럼.

"그런 거 아니야."

아연이가 당황한 목소리로 말했다. 그런데 그때, 피영구 선배가 아연이의 손을 덥석 잡았다.

"몰랐어? 우리 사귀어."

"뭐라는 거야, 이 미친놈이!"

아연이는 질색하며 피영구 선배의 손을 뿌리쳤다.

"그런 거 아니야. 다 설명해 줄게. 전부 다 설명할 테니까…."

"야, 김 석사! 뭐해? 빨리 나가! 이대로 있을 거야? 내가 지금 네 여자 친구랑 바람피웠어. 문래동 로망스 끝났다고! 빨리 꺼져! 눈물 흘리면서 나가라고!"

"이 미친 새끼가 갑자기 왜 그러는 거야!"

나는 슬며시 몸을 돌려 나무 계단 쪽으로 천천히 걸었다.

"철! 기다려! 그런 거 아니라니까!"

- 덥석.

아연이가 나가려던 내 팔을 잡았다.

"김철! 너 나 못 믿어? 이거 네가 생각하는 그런 상황 아니야!"

아연이를 못 믿는 게 아니었다. 그냥 아무 생각이 안 들었다. 그래서 아무 말도 할 수 없었다.

"김철! 정신 차려!"

"야, 김 석사! 빨리 나가! 네 바람피운 여자 친구 데리고 나가! 아니면 은아연 네가 김철 데리고 나가든지!"

"저 새끼는 왜 자꾸 나가래? 김철, 일단 앉아. 여기 잠깐 앉아."

아연이는 나를 계단 근처에 있는 자리에 앉혔다. 계속 멍한 상태였기 때문에 저항할 수 없었다.

"철아, 잘 들어…. 내가 여기 온 이유는….”

그런데 그때.

- 텁, 텁, 텁, 텁!

갑자기 나무 계단에서 빠른 발걸음 소리가 들렸다. 이 소리는 너무 커서 나에게 뭔가를 말하려던 아연이의 관심마저 빼앗아버렸다. 그리고 이내 한 여자가 2층에 도착했고 주변을 둘러보다가 이런 소리를 냈다.

"오빠!"

여자는 웃는 얼굴로 한쪽 팔을 번쩍 들었다. 그러고는 피영구에게 다가가더니 와락 안겼다.

"미안. 내가 너무 늦었지? 오빠한테 잘 보이려고 화장 좀 하느라. 이 카페 괜찮지? 여기서 만나길 잘한 거 같아."

일어서서 나에게 무슨 말을 해주려고 했던 아연이는 천천히 내 옆자리에 앉았다. 그런 뒤, 이제는 나와 함께 한창 당황 중인 피영구를 바라봤다.

"그때 걔 아니야?"

아연이가 작은 소리로 내게 말했다. 그러자, 충격으로 인해 멍했던 내 머리가 다시 맑아지며 이내 저 여자가 호수향이라는 것을 깨달았다.

"쟤가 근데 왜…."

피영구 선배는 당황하며 호수향을 밀어냈다.

"누, 누, 누구신데 저를…!"

그리곤 자신을 바라보는 우리의 눈치를 살폈다.

"왜 그래 오빠?"

"저, 저, 저리 가세요!"

두 사람은 떨어질 줄 몰랐다.

"피영구 저것 때문에 계속 우리 내보내려고 한 거구나."

그들이 실랑이를 벌이고 있는 사이, 아연이는 휴대전화를 들어 그들을 겨냥했다.

"어때? 이거 문래동 로망스에 쓰는 거."

아연이 입에서 문래동 로망스 얘기가 나오자, 눈물이 나왔다. 죄 많은 내 입이 용서받는 것 같았다.

"문래동 로망스…. 계속…."

"당연히 계속해야지. 자, 이제 철이가 등장할 차례야. 가서 물어봐. 왜 두 사람이 같이 있는 건지."

나는 피식 웃은 뒤 일어나 당당히 걸었다.

"수향아 안녕."

"아이! 깜짝이야!"

내가 그녀의 이름을 부르기 전에 그녀는 다만 흐느적거리는 몸짓에 지나지 않았다. 그러나 내가 그녀의 이름을 불렀을 때, 그녀는 경기를 일으키며 그대로 바닥이 되었다.

- 쿵!

호수향이 넘어졌다. 이름만 불렀을 뿐인데 말이다. 그나저나, 김춘수 시인의 꽃이란 작품은 참 아름다운 명작이라는 걸 다시 깨달았다.

"여기서 뭐 해? 피영구 선배랑?"

나는 호수향에게 손을 뻗어 일으켜 세워줬다. 피영구 선배는 가만히 보고만 있었다.

"뭐, 뭐, 하긴 뭐해! 저, 저리 꺼져! 나갈 거니까!"

피영구 선배는 당황한 듯 손을 떨며 이곳을 나가려고 했다. 그런데.

"너 나가면, 우리가 쟤 인터뷰해서 올려도 돼?"

아연이가 나가려는 피영구 선배에게 말을 걸었다.

"무, 무슨 인터뷰!?"

"두 사람의 사랑이 어쩌다 시작됐는지. 애도 있는 분이."

"애요!? 오빠한테 애가 있어요?"

호수향은 몰랐나 보다.

"무, 무슨 소리야!"

"오빠야말로 무슨 소리야! 애라니?"

이젠 호수향이 다시 피영구 선배에게 다가갔다. 아연이는 슬며시 자리를 바꿔 계속 그들을 찍었다.

"오빠. 왜 말이 없어? 애가 있다니?"

"결혼까지 했어."

나도 거들었다. 피영구 선배가 나한테 문래동 로맨스 끝났으니까 눈물 흘리면서 빨리 꺼지라고 말한 대가였다. 그러자 피영구 선배가 나를 노려봤다. 그를 참 좋았지만 이젠 놓아줄 때가 된 것 같았다.

"수향아. 너 속은 거야. 어떻게 만났는지 모르겠지만…."

"갑자기 연락 왔어. 학교에서 지나가다 봤다고. 첫눈에 반했다고."

호수향이 콧김을 뿜어내며 말했다.

"어떻게? 번호도 없었을…. 설마…."

순간, 내 머릿속에 한 장면이 스쳐 갔다. 언젠가 호수향한테 이런 문자가 온 날이었다.

[오빠. 진짜 마지막으로 딱 한 번만 만나 줘.
그래도 아니면 깔끔하게 포기할게.]

이때 나는 피영구 선배와 같이 있었고 프로필을 보여달라는 그의 요청에 내 휴대전화를 넘긴 적이 있었다. 아마 그때 번호를 본 것 같았다.

그런데 호수향 얘도 좀 너무하네. 아무리 그래도 그렇지, 잘 알지도 못하는 남자를 왜….

"말해 봐! 결혼했고 애도 있냐고!"

"어…."

피영구 선배는 마지못해 작은 답변을 내놓았다.

"후우…."

호수향은 깊은 한숨을 내쉬더니 피영구 선배를 한참 노려봤다.

"잘 걸렸다."

그러더니 이상한 말을 뱉어냈다.

"뭐?"

"생각보다 대물을 낚았네."

나와 아연이는 호수향의 이 이상한 발언에 놀라 서로의 눈을 바라봤다. 우리 모두 두 눈이 동그랗게 변한 상태였다.

"오빠, 나가자. 나가서 얘기하자. 여긴 사람이 좀 있네."

"무, 무슨 말이야…."

"나가서 얘기하자고."

호수향의 눈빛이 완전히 달라졌다. 그 전엔 실망과 애원이 가득 찬 눈빛이었다면 지금은 뭐랄까…. 웃고 있는 눈빛이랄까?

두 사람은 그렇게 나무 계단을 내려갔다.

- 터덥, 터덥, 터덥, 터덥.

그리고 그들이 1층 바닥에 닿았을 때쯤, 호수향의 목소리가 작게 들려왔다.

"오빠. 나한테 얼마 줄 수 있어? 입막음용으로."

그랬다. 호수향은 전설 속에나 있는 줄 알았던 꽃뱀이었다. 돈을 뜯어낼 목적으로 미풍양속을 해치는 연애를 하려는 그런 사람.

그런데 잠깐, 호수향은 나에게 진심의 눈빛이 무엇인지 알려준 사람이었다. 그래서 고마워했었다. 그러면 그때 그 진심의 눈빛은 뭐였지? 흉내 낸 건가? 설마 그걸로 나 꼬드겨서….

아찔했다. 내가 만약 호수향을 밀어내지 않았다면, 나는 지금 피영구 선배의 자리에 가 있을지도 몰랐다. 가진 게 아무것도 없는 입장에서 너무 섬찟했다.

"그래도 우리 철이, 사람 거르는 눈이 있네. 저런 여자애가 접근하는 것도 차단하고."

"그런가?"

우리는 다시 자리에 앉았다. 아연이는 그간 있었던 일들에 대해 말해줬다. 조교수를 못 하게 됐다는 것과 철공소 이야기, 그리고 피영구 선배가 카페에서 지껄인 얘기들까지. 그렇게 우리는 오해를 풀었다.

"나랑 똑같은 생각 했구나. 나도 부동산 가서 상가 주인 할배 전화번호 알아내려고 했는데."

"그러게. 우린 천생연분인가 봐."

아연이가 웃었다. 행복했다. 드디어 이 사소한 오해가 풀렸다는 게. 그런데 문득 뭔가 하나 생각나서 내 주머니에 있던 휴대전화를 꺼냈다.

"녹음 다 돼 있네. 심지어 아까 호수향이 돈 얼마 줄 수 있냐고 말한 것도."

"그게 왜?"

"그냥. 어쩌면 이걸로 피영구 선배 도와줄 수도 있으니까. 어쨌든 협박당하는 거잖아. 여기에 그 증거가 있는 거고."

"뭐야, 피영구 살려주자고? 내가 말했잖아. 우리 사이 익명게시판에 폭로하고 우리 채널에 안 좋은 댓글도 계속 달았던 놈이라고."

"그렇긴 한데…."

"나는 반대. 방금 찍은 것도 문래동 로망스에 올릴 거야."

아연이는 새침하게 입술을 꾹 내밀었다. 서른한 살처럼 보이지 않았다. 너무 귀여웠다.

"그래. 그러면 녹음 파일은 그냥 가지고만 있자. 대신 영상도 안 올리는 건 어때? 어차피 복수 한 거 같은데, 뭐. 문래동 로망스는 사랑을 보여주는 곳이지 복수를 보여주는 곳이 아니니까."

아연이는 잠시 무언가 생각하다가 고개를 끄덕였다.

"그래, 그러자."

"하! 속 시원하다!"

"왜? 나랑 다시 만나서?"

"응. 그리고 악플 다는 놈들 뒤통수 한 대씩 때리고 싶었거든. 그런데 방금 그걸 한 거 같아서."

"하하하하. 나도 피영구 턱주가리 한 대만 때리고 싶었는데, 호수향이 대신 때려줬네."

"우리 왜 이렇게 잘 맞지?"

"사랑하니까."

우리는 서로를 한참이나 바라봤다. 그리곤.

- 쪽.

짧은 키스를 나눴다. 하지만 이내 아연이의 표정이 아주 살짝 어두워졌다.

"그런데 우리 이제 어떡해? 나 조교수도 곧 날아가고, 철공소 다시 가져오려면 최소한 1,500만 원은 필요하고."

"그러게…."

머리가 아팠다. 지금 나한텐 15만 원도 큰 금액인데 1,500만 원이라니. 아무리 지금 문래동 로망스가 수익이 발생하는 채널이라고 해도 그 정도의 돈을 만들 수준은 아니었다.

"이건 다음에 생각할까? 오늘은 그냥…. 놀자, 우리."

"그럴까? 오늘은 영상이고 실험이고 아무것도 하지 말고 그냥 놀자."

우리는 이날, 서울 곳곳을 누볐다. 오늘 하루만큼은 문래동을 벗어나고 싶었다. 어찌 보면 문래동도 우리에겐 '공식'이 돼버렸으니까. 때로는 공식이 아닌 것도 경험해 볼 필요가 있었으니까.

이전의 나는 로맨스 드라마의 공식을 모두 안다고 자부했다. 사랑을 이뤄내기 위해선 이 공식대로 행동해야 하는 줄 알았다. 그래서 이 공식 중 실제로 써먹어서 성공한 것도 있었고 써먹으려다 실패한 것도 있었으며 공식을 타파하려다 성공한 것도 있었지만 그러다 또 실패한 것도 있었다.

그랬다. 사랑은 공식대로 움직이지 않았다. 인생도 그럴 거다. 이렇게도 살아보고, 저렇게도 살아보는 게 인생인 것 같다. 그래야 쇠 냄새와 커피의 달큰한 냄새가 공존하는 문래동처럼 하나의 새로운 공식이 탄생하기도 할 테니까.

문래동을 생각하니 갑자기 목현희가 떠올랐다. 내 첫사랑. 문래동 어딘가에서 공방을 차리고 미술 작업을 하고 있을지도 모를 그녀. 부디 그녀와는 앞으로 절대 마주치지 않았으면 좋겠다. 내 심장은 아연이한테만 쿵쿵댔으면 하니까.

"행복하다. 오늘."

"그러게."

"이왕 행복한 김에 우리 나중에 놀러 가자. 어디 먼 곳으로."

"먼 곳? 어디?"

"글쎄. 한번 생각해 봐야지."

"일단 그러려면 돈이 필요하겠네?"

"그렇지. 그러려면 내일부터 또 열심히 실험하고 영상 찍어야 하고."

"그런데 오늘은 일단 놀자. 밤새."

"그래, 밤새."

나는 내 머리를 아연이의 어깨에 기댔다. 아연이도 내 머리에 그녀의 머리를 기댔다.

"예쁘다. 저 노을."

아연이가 웃으며 말했다. 우리는 지금 서울을 돌다가 끝내 강화도까지 왔다.

"별론데? 나는."

"뭐야. 갑자기 왜 흥을 다 깨?"

"아무리 봐도 저 노을은 내 기준에 별로야."

"참나, 어이가 없네."

"은아연이 내 기준을 너무 높여놨어."

"훗."

아연이가 실없는 내 농담에 웃었다. 이런 농담을 할 수 있는 사람이 내 옆에 있다는 게 참 행복했다.

우리는 잠시 서로를 바라봤다. 그리곤 가슴 아린 명작 로맨스의 엔딩처럼 서로의 얼굴을 어루만지며 진한 키스를 나눴다. 그 키스가 어찌나 격렬했던지, 저기 바다 뒤로 넘어가려는 노을도 잠깐

멈춰서 우리의 사랑을 훔쳐봤다. 새끼. 보는 눈은 있어가지고.

 다음 날. 우리는 어제의 다짐을 실행하러 새벽부터 철공소에 출근했다. 4월 중순이라 만개한 이 골목의 벚꽃은 숨 막히게 아름다웠다. 어떻게 푸른 하늘이 연한 핑크빛으로 물드는 게 가능한 걸까? 합금 커플의 사랑이 마음 속에서 튀어나와 뛰논다면 이런 풍경일까? 우리는 이 황홀함을 만끽하며 잠시 철공소 문 앞에 멈춰 섰다. 그런데.
 - 스흑, 스흑.
 철공소 안쪽에서 이상한 소리가 들렸다.
 "뭐지?"
 나와 아연이는 숨을 죽인 채 천천히 안쪽으로 들어갔다.
 - 스흑! 스흑!
 그러자 이 이상한 소리는 점점 커졌다. 소리의 근원지는 화장실이었다. 우리 중 그 누구도 사용하지 않는 화장실. 아무리 생각해도 누군가 있는 것 같았다.
 나는 주변을 둘러보다가 무기로 사용할 만한 봉 하나를 집어 들었다. 그리곤 화장실 앞으로 천천히 다가갔다.
 "물러서 있어."
 비록 내 근육은 아연이의 근육보다 평평했지만, 그래도 남자답게 아연이를 뒤로 보냈다.
 어느새 나는 화장실 입구에 도착해 문고리를 슬쩍 잡았다.

"후우…."

긴장되는 이 순간, 나는 속으로 셋을 센 뒤 문을 열었다.

- 활짝!

"깜짝이야!"

역시나 누군가 있었다. 여자 목소리였다. 상황을 보아하니, 이 여자가 금속 가루를 재래식 변기에 넣고 있었던 것으로 보였다.

"당신이 그런 거야!? 당신이 수도관 막은 거야!? 당신 누구야!?"

나는 여전히 봉을 어깨높이로 든 채 그녀를 경계했다. 아연이도 카메라를 들어 이 장면을 모두 찍었다.

"손들어! 고개도 들어!"

"하아…."

이 여자는 깊은 한숨을 내쉬더니 천천히 고개를 들어 나의 눈을 바라봤다.

"어?"

아는 얼굴이었다.

"왜? 아는 사람이야?"

아연이가 물었다.

"알지…."

그런데 화장실 안에 있는 이 여자는 나와 비슷한 눈이 아니었다. 여전히 나를 못 알아봤다.

"누군데?"

"목현희."

그녀는 그제야 놀란 눈으로 날 바라봤다.

"내 첫사랑."

목현희는 나와의 연락을 끊은 뒤 미대에 들어갔다. 그러다 졸업 후엔 이곳 문래에 공방을 차렸다. 그럭저럭 돈도 벌고 나름 잘 살았지만, 욕심이 문제였다. 그녀는 이곳 문래에 카페를 열고 싶어 했다. 그것도 이 철공소에. 위치적으로 완벽하다나 뭐라나. 그런데 이 철공소 주인 그러니까, 아버님이 나갈 생각을 안 하셔서 상가 주인과 이간질하려고 종종 새벽에 와서 화장실에 금속 가루를 뿌렸던 것이었다. 그리고 이 모든 사실은 경찰서에서 알게 됐다.

결국, 수리비 3,000만 원은 목현희가 모두 감당하기로 했다. 감옥에 가는 것보다 그게 낫다고 생각했나 보다.

"다행이다. 그래도 철공소는 지켰네."

"그러게."

나와 아연이는 이렇게 또 사랑을 지켜냈다. 그리고 동시에 종종 날 괴롭히던 내 첫사랑 그러니까, 내 기억 속에선 완벽함 그 자체이자 신화 속에만 존재하는 여신이었던 목현희는 이젠 내 공포가 됐다. 누구라도 그 어둡고 쿰쿰한 화장실에 쪼그려 앉아 있던 그녀의 눈빛을 봤다면 첫사랑이 공포가 됐다는 이 말을 단번에 이해할 것이다. 어쨌든 결론적으로, 내 첫사랑은 이렇게 소멸했다. 하지만 괜찮았다. 비어있는 신화 속 여신의 자리는 아연이가 채워줬으니까.

✤ 아연 ✤

두 달 뒤. 나는 백수가 됐다. 김철을 담당하는 새로운 금속 재료 연구실의 교수는 결국 이태우가 됐다. 내 첫 번째 남자 친구. 엄마가 키스하지 말라고 해서 키스 중독자가 된 남자.

나는 이 사실을 김철에게 모두 공유했다. 미국에서 있었던 모든 일도.

"그럼 안 할래, 나도."

"괜찮겠어?"

"석사 졸업하면 뭐 해. 어차피 철강 업계도 이 모양인데. 어려워진 업계 들어가서 시키는 것만 하기보다는 그냥 여기서 계속 철 아연 합금 실험하는 게 낫지. 우리 문래동 로망스도 계속 찍고."

"그래도 졸업은…."

"M.I.T 졸업장도 안 따신 분이 할 말은 아닌 거 같은데?"

나는 웃었다. 김철도 웃었다.

"그래도 거의 다 왔어. 이제 조성 튜닝 조금만 더 하면 특허 쓸 정도는 될 거야."

"그럼 디에스코에 그 특허 팔아먹고?"

"팔아야지."

"그런데 얼마에 팔까?"

"10억? 20억? 미국에 있을 때, 우연히 교수님 책상 위에 있는 계약서 봤는데 그 정도 되더라."

"10억이라니! 생각만 해도 기분 좋다."

이때 문득, 뭐 하나가 떠올랐다.

"우리 이 돈 벌면 가고 싶은 곳이 생겼어."

"정말? 어딘데?"

"맞춰봐."

"뭐야, 어딘데?"

나는 웃었다. 그리고 정확히 6개월 뒤, 우리는 강화도가 아닌 엠파이어 스테이트 빌딩 전망대 올라 노을을 바라보며 키스를 나눴다. 이번에도 서로의 얼굴을 어루만지는 격렬한 키스였다. 어찌나 격렬했던지, 지나가던 사람들이 모두 멈춰 쳐다볼 지경이었다.

생각해 보면 여기 엠파이어 스테이트 빌딩은 미국 관광의 전형적인 공식 중 하나였다. 공식과 교과서를 싫어하던 나라면 절대로 오지 않았을 곳. 그런데 김철과 지내다 보니 알게 됐다. 반드시 공식과 교과서를 따를 필요는 없지만, 공식과 교과서가 있는 이유도 존재한다는 걸. 그냥 두 가지 생각을 적절히 알아서 잘 조합해도 괜찮다는 걸. 그게 나와 김철이었다. 공식을 사랑했던 남자와 공식을 싫어했던 여자.

이런 생각을 하면서도 우리는 여전히 격렬한 키스를 나눴다. 주변에서 호응도 해줬다.

당신도 보고 싶은가? 우리의 이 격렬한 키스를? 그렇다면 지금 당장 합금 커플 채널로 달려가라. 문래동 로망스 에피소드 32화에 이 장면이 담겨 있다. 그리고 만약, 그 영상이 재밌다면 구독과 좋아요, 알림 설정도 부탁드린다. 댓글도 남겨주면 좋고. 아니, 댓글 좀 부탁드리겠습니다. 기왕이면 선플로. 제발.